P9-EDT-240

LE ROMAN DES JARDIN

Né en 1965, Alexandre Jardin suit les traces de son père, disparu en 1980, en se lançant dans l'écriture. C'est d'ailleurs pendant ses études qu'il écrit son premier roman, *Bille en tête*, pour lequel il reçoit le Prix du Premier Roman en 1986. Il publie ensuite *Le Zèbre* (Prix Femina 1988) et *Fanfan*, qu'il adapte lui-même à l'écran. Il est également chroniqueur au *Figaro*. En 1997, il écrit *Le Zubial*, roman autobiographique sur son père.

ALEXANDRE JARDIN

Le Roman des Jardin

ROMAN

GRASSET

ISBN : 978-2-253-11747-6 – 1re publication – LGF

À Laura, bien entendu.

Tout, dans ce livre, mérite d'être vrai. Pour évoquer les miens – qui eurent toujours un pied dans la fiction – je ne pouvais écrire qu'un roman.

A.J.

I

LA COMÉDIE

— Antoine, faites cesser cette comédie !

— Laquelle, monsieur le Marquis ?

Jean RENOIR, *La Règle du jeu.*

Pendant plus de quinze ans, je me suis déçu. Ivre de fidélité et volontiers donneur de leçons, il m'arrivait d'errer. Mordu d'initiatives romantiques, je pantouflais bourgeoisement. Comment ai-je pu tricher autant ? Les héros de mes romans réalisaient mes chimères ; je capitulais devant le quotidien. Consterné de n'être que moi, un piéton sans grands poumons, je me rêvais propulsé par leur foi monogame. Imposteur jusqu'au bout, je fis même de l'amour une sorte de religion frénétique, un intégrisme conjugal dont mes livres auraient été les missels. Que de volumes pour cacher publiquement ma condition de raté de l'absolu… L'incroyant que j'étais évangélisait avec le fol espoir de se convertir soi-même. Mais un jour, il faut bien tuer la comédie et revendiquer sa part d'aveux.

J'ai longtemps rôdé autour de ce livre intègre, commencé deux fois puis ajourné. M'atteler à cet exercice d'honnêteté, c'était m'engager sur un toboggan. Qu'allais-je devenir à l'issue d'une telle hémorragie de confessions ? En publiant ce texte, je craignais autant de violer mes proches que de me vider d'un coup de ma substance de romancier. Pourquoi s'obstiner à écrire si l'on n'a plus rien à dissimuler ? Que dire après avoir percé ses abcès de silence ?

À quarante ans, je suis encore engourdi d'enfance : je reste hypnotisé par le tohu-bohu amoureux de mes premières années. Veuf d'années mirobolantes, je vis à crédit sur le passé de ma famille. Et parfois, il me semble que je ne finirai jamais de signer des chèques de gratitude aux figures de mon clan. Tous mes romans ne sont que des parades à leurs désordres ou des emprunts à leurs quêtes passionnelles. Les Jardin – et les irréguliers qui furent longtemps amarrés à notre famille – m'ont endetté de rêves exorbitants, très au-dessus de mes moyens. La liberté de ces grands fouleurs de principes me sert toujours d'étalon.

Enfant, je découvris très tôt un abracadabrant répertoire sentimental. Le week-end, je subissais les fredaines casse-cou de mes parents à Verdelot, domaine où ces deux-là mettaient en scène leur couple. Pendant les vacances, je filais en Suisse chez ma grand-mère, une sensuelle qui ne renonça jamais aux choses du cœur. J'allais à Verdelot comme on se rend au cinéma et à Vevey comme on s'abonne au théâtre. La distribution était parfois inégale, mais le spectacle toujours cocasse ; car quoi qu'ils fissent, les Jardin emportaient toujours la comédie avec eux. Chez nous, les licences les plus glissantes étaient autorisées, voire encouragées. La seule consigne était d'aimer de manière déraisonnable et, si possible, ruineuse. Chaque matin, j'avais le trac. Étais-je moi aussi capable d'être un Jardin, de me produire avec talent ? Comment abolir ce qu'il pouvait y avoir de rétréci dans ma nature, d'infecté par l'esprit de prudence ? Comment raboter mes trouilles et devenir à mon tour un saut périlleux, le héros flambard de mes propres ambitions ?

Les décors principaux de notre vaudeville familial frappaient l'imagination de ceux pour qui l'érotisme reste un hobby hâtif, non un fanatisme. Toutes nos maisons furent choisies et remaniées de façon très spéciale afin d'abriter des amours dangereuses. Dans ces bâtisses révisées, on vénérait l'autre sexe à plein régime.

Verdelot, ex-couvent du XIVe siècle, possédait assez de chambres pour loger une cohue de maîtresses et d'amants. Mes parents, fous l'un de l'autre, aimaient au pluriel. Se rouler dans l'adultère de manière subreptice et sans fierté leur paraissait déshonorant. Dans ce recoin secret de Seine-et-Marne, l'un comme l'autre vivaient à ciel ouvert, sans pourtant se trahir. Ensemble, les hommes de ma mère construisirent nos meubles de famille. Tous portaient une montre identique offerte par le plus fortuné d'entre eux. Ils obéissaient à la même heure et aux rêves de la même femme. Étrange coopérative d'artistes et de remueurs d'idées… Sous la houlette de mon père, Vincent, François, Paul et les autres créèrent de concert bien des choses : des tables géantes, des scénarios de films aujourd'hui classiques, des romans de poids d'apparence légère, des trésors de pirates pour les enfants, des mœurs transparentes et des passions précaires. Cet ancien prieuré dédié pendant six cents ans à la Vierge Marie fut, l'espace d'une dizaine d'années, voué à un autre culte – celui d'une femme solaire et polygame : ma mère.

La seconde maison Jardin constituait une toile de fond idéale pour jouer du Musset ou dire les textes galants de Shakespeare. La Mandragore, notre villa en forme de pâtisserie 1900, se dressait à la lisière du canton de Vaud, ce Tyrol francophone. C'est là que ma grand-mère, promue au rang de veuve épanouie en 1976, vécut dix-sept ans en face à face avec la dernière maîtresse de feu son mari. Chez les Jardin, les préventions étroites n'avaient pas cours. Tout réflexe banal se trouvait flétri d'office. La jalousie passait pour un sentiment commun réservé aux caractères de second ordre.

En juillet, face au lac Léman, nous nous croyions sur la grève d'une Méditerranée de petit format. Des pins et des cèdres du Liban achevaient d'orientaliser les lieux. Quand l'été déclinait, la Mandragore s'élevait au milieu des brumes, dans les fines couleurs ardoisées de la Suisse automnale, au bord d'une riviera qui fait de la lumière avec presque rien, avec des gris, le long d'un lac de cobalt comprimé par les Alpes.

De nos fenêtres, le monde s'offrait comme à travers une gaze. Vevey est une ville aquatique ouverte sur un lac qui s'épuise à ronger le bas des montagnes ; la cité tourne le dos aux cimes calottées de neige. Riche de mille dettes, la famille Jardin y jouissait d'un petit port privé, défendu par deux lions de pierre. Leur rugissement minéral me faisait penser au film de Cocteau *La Belle et la Bête*.

Dans cette demeure de nantis en faillite, presque irréelle et en marge du siècle, tout pouvait survenir. La branche helvétique de notre tribu était un entassement de caractères, un musée d'anomalies. Ma grand-mère, surnommée l'Arquebuse en hommage à sa nature explosive, avait la manie de peindre des sourires sur le visage de ses visiteurs jugés trop sérieux. Bien des mines assombries y passèrent : celle de notre facteur bilieux, les figures défaites de gourgandines délaissées, ma propre frimousse et celles de mes frères le jour de l'enterrement de notre père. Dans le petit cimetière gazonné, je garde le souvenir étrange de nos physionomies retouchées. Chez nous, la gravité était une faute, presque une grossièreté. Les trompe-l'œil faciaux de l'Arquebuse donnèrent même des billes rieuses aux moins hilarants des ministres de la Ve République qui, à notre fréquentation, perdirent subitement leur aplomb. Retoucher le réel devait soulager mon étrange ancêtre qui avait toujours eu la sagesse d'être allergique au chagrin…

Parvenue à l'automne sexuel, l'Arquebuse continua à dormir chaque nuit dans la Mandragore toutes fenêtres ouvertes, au cas où un cambrioleur lubrique aurait eu le bon goût de lui rendre les vertiges de ses seize ans. Grand-mère prévoyante, elle conseillait chaque soir à ses petites-filles d'en faire autant. Sait-on jamais ? Passer à côté d'un orgasme lui paraissait le début de la déchéance morale. L'abstinence charnelle aux approches du grand âge la scandalisait.

Au dernier étage de la Mandragore, son époux Jean Jardin, dit le Nain Jaune (en raison de sa petite taille et de sa capacité inouïe à fabriquer de la chance), distribuait à l'époque, aux candidats à l'élection présidentielle, des valises bourrées de billets de banque, comme dans les films de gangsters qu'écrivait mon père. Éminence grise redoutée, le Nain Jaune faisait transiter par notre salon l'argent noir du grand patronat qui perfusait les partis politiques. Personne ne se méfiait de mes curiosités. À neuf ans, je savais déjà que toutes les obédiences venaient téter le même lait à la maison. Pendant ce temps-là, mon demi-frère Emmanuel attendait dans la cave un destin d'amant héroïque en mimant des suicides, juste pour rire. Aucun jeu ne nous était interdit : la pendaison factice, le Monopoly ou la branlette espagnole en récitant du Baudelaire. Au premier étage, mon oncle Merlin (ce sobriquet de magicien trahissait son caractère fantasque) faisait de temps à autre décoller dans les airs la maîtresse en titre de son père qui, dix ans plus tard, deviendrait la sienne. Vaincre l'apesanteur obsédait cet ingénieur autodidacte hors série. La malheureuse s'élevait à la verticale, tel un djinn coopératif. Opiniâtre, mon oncle réglait les appareils d'illusionniste qui allaient lui permettre de remporter, sous la bannière d'un commanditaire fascinant, le grand prix mondial de magie. Merlin n'eut jamais l'idée – malsaine à ses yeux – de se hisser dans l'aisance en occupant un emploi régulier. Son luxe préféré demeurait ses idées, le salariat sa hantise.

Au rez-de-chaussée, je zigzaguais sur ma trottinette pour ne pas renverser l'illustre locataire, une momie trémulante. Ce spectre en robe de chambre de soie avait les attitudes sèches d'une aristocrate prussienne qui croyait au mépris : c'était la propre fille de Guillaume II, le Kaiser à moustaches de 1914. Après avoir esquivé ce morceau voûté du XIXe siècle, je filais de temps à autre rejoindre son mari apoplectique au bord du lac. Titubant sur la digue, l'automate gâteux agitait ses bras sémaphoriques afin de me faire manœuvrer dans le port à bord d'une barcasse. « Ach so ! » protestait-il en s'étranglant de fureur. « Quand je commandais la Kriegsmarine en 1914, j'étais obéi ! » Ce qui était historiquement exact : ce débris impérial avait été amiral de la flotte allemande lors du premier conflit mondial. Quel âge pouvait avoir son arthrose ? Celui de me transporter dans un univers de calèches, d'U-Boots torpillés et de soldats livides aux poumons troués par le gaz. Par compassion, et en l'absence d'une flotte plus imposante, je lui obéissais. J'apprenais à fréquenter l'Histoire, celle des temps de barbelés, et à en rire. Puis, les bons jours, j'escaladais le toit de la fameuse maisonnette bâtie au fond du jardin que nous appelions *le cabanon*.

Ma grand-mère réservait ce coquet *cabanon* aux couples illégitimes qu'elle recevait avec des égards quasi religieux, et selon une étiquette imperturbable. L'Arquebuse avait des principes : elle trouvait immoral de ne pas accueillir dignement les amants clandestins. Gamin, je voyais donc défiler pendant les vacances les galants et les maîtresses des couples légaux avec qui nous avions l'habitude de trinquer. Une bonne partie de la classe politique des années soixante-dix vint y forniquer sous mes yeux. J'appris ainsi à comparer les mérites des épouses légitimes et de leurs suppléantes, les vieux époux négligents et les liaisons de cœur de leur moitié. Mes cousins, mes frères et moi grimpions sur le faîte du *cabanon* pour reluquer ces ébats à travers une fenêtre de toit qui surplombait le lit. Ce n'était plus une enfance, mais une université.

Mais que l'on ne s'y méprenne pas : la famille Jardin n'était pas seulement fantaisiste, elle fut un moment radical de liberté. Aucun des miens ne s'accommoda jamais d'une morale de bréviaire, des lois rébarbatives de la physique ou de mariages ankylosés. Tous menèrent des vies à hauts risques, affranchies des convenances et rythmées par des tribulations luxurieuses, politiques ou artistiques que je réprouvais parfois mais qui avaient du panache. La plupart voulurent faire main basse sur leur époque. S'annexer un ministère décisif, occuper une place dans un panthéon quelconque, se faire applaudir sur l'une des estrades du monde, New York, Paris ou Pékin, leur semblait vital. Chez les Jardin, il fallait à tout prix devenir Mozart, Mickey ou Jules César, s'élever sans faire de chichis au rang de monarque ou périr jeune. Question d'élégance. Ou encore, surplomber le siècle en s'élevant au rang d'amant virtuose... La voie incertaine de l'enrichissement matériel passait pour une forme de déclassement. Un Jardin n'avait pas le droit de se faire avaler le matin dans un gratte-ciel appartenant à une marque de couches-culottes, de laisser son nom punaisé sur un organigramme ou d'aimer bourgeoisement. Il fallait être une dissonance. Les pressoirs à humains que sont les grandes firmes nous étaient formellement interdits ; pas question de fréquenter ces mauvais lieux et d'y laisser son jus. À la rigueur, nous pouvions entrer avec éclat dans la pègre, entamer une carrière honorable d'espion ou embrasser la profession de gigolo ; à condition de vénérer nos clientes comme des déesses ou de devenir de très grands bandits.

J'ai déjà consacré un livre à mon père, l'écrivain Pascal Jardin, dit *le Zubial* (car c'était une *foutue bête*, aussi rare que son surnom). Cet enchanteur laissait volontiers des chèques en blanc dans les cabines téléphoniques, en rase campagne, afin de s'exposer au risque grisant d'être ruiné. Toujours à bout de souffle, ce zèbre tentait de vivre chaque journée comme si l'air qu'il avalait devait lui fournir sa dernière ivresse. Mais le Zubial, décédé à quarante-six ans, ne fut que l'un des acteurs de la comédie des Jardin, œuvre plus vaste dédiée à la liberté et au culte des sentiments incalculables. Toutes les grandes encolures de la famille étaient du même bois. Millionnaires en folie, ils ou elles ne furent pas des surhommes mais de très grands vivants, des gloutons de contradictions. S'ils étaient tous ou presque affublés d'un surnom, c'était bien pour qu'on les désigne par un nom réellement propre. Aucun ne fut pris dans la texture de l'époque ou enrégimenté par la conscription intellectuelle du moment. À ma connaissance, les grandes frousses tricolores ou d'importation (insécurité, fascisme, communisme...) ne les troublèrent jamais. L'Arquebuse redoutait des calamités plus effroyables encore : le déclin des passions, les ris de veau trop cuits, les pensées inodores, les amants mal rasés, la misère sexuelle de ses clébards, les amours sans épices, les convictions flasques.

Nous étions une île, une sorte d'Angleterre désoccupée des affaires du globe et disponible pour l'originalité. La famille Jardin – surtout la branche qui folâtrait en Suisse – constituait le grand axe autour duquel s'ordonnait le destin d'une foule de spécimens humains insolites. Saison après saison, des tripotées de cinglés de qualité venaient s'agglomérer à Vevey. Les uns rappliquaient pour se reposer du siècle, les autres pour diluer leurs certitudes ou, tout simplement, par goût de la frivolité. On venait chez nous prendre un bain de légèreté, faire provision d'audace, téter des notions inhabituelles, se rincer des idées reçues ou révéler l'inavouable. De partout déferlaient sur nos tapis des saute-frontières aux inclinations sensuelles exotiques. Quel kaléidoscope de solistes ! Rappliquaient à notre table des espions soviétiques divorcés du communisme, des prélats romains fouettés par des stars américaines, des chefs eskimos révoqués par leur peuple, des politiques punis par l'Histoire, des putains impavides recyclées dans la vertu, des écolos allant nu-pieds, de vieilles Anglaises de Madère drapées dans leurs préjugés et férues de tantrisme, tout un bric-à-brac d'inventeurs de concepts ou d'appareils pour magiciens. Sans oublier d'innombrables amants qui avaient lu Shelley ou Madame de Lafayette, des femmes répudiées, des maîtresses ravagées qui échouaient à Vevey pour se faire soigner le cœur : la Mandragore servit longtemps de sanatorium aux conquêtes que nous avions eu le loisir ou le déshonneur de ratatiner. Mais, étrangement, personne ne se drogua sous nos lambris (à une exception près). Nous avions d'autres croisières.

Comment ai-je survécu à une non-éducation pareille ? À cet ouragan de délires ? À tous ces fous d'amour qui n'arrivaient à la grandeur que par leurs excès ? Ce livre raconte sans fard mon itinéraire parmi ces géants de la liberté, mes paniques de gosse confronté à une absence quasi totale de bornes. Cependant, que l'on se rassure, mon *Roman des Jardin* ne tiendra pas du strip-tease familial – la littérature boueuse n'est pas mon style – mais plutôt de l'éblouissement devant des inclassables qui furent des Ronsard de bastringue, des illuminés qui marquèrent les annales du cinématographe, du microsillon ou de la comédie politique. Chez eux, rien de crépusculaire ; rien qui pue la crasse morale ou les sentiments navrants. On ne trouvait pas à notre table de falots agressivement normaux, de petits-gris sanglés de certitudes, seulement des ratés sublimes ou des athlètes fringants de la réussite disposés à tout oser par amour. Rien de Céline dans cet univers, tout respirait Marivaux, Dumas père ou Molière, partout le rayonnement de l'humour, partout le plein soleil et l'irrévérence joyeuse, partout la pénétration de la clarté, jusque dans les suicides inattendus de certains. Jardin et jardinophiles aux mœurs requinquantes, je vous ai tant aimés ! Même si vous m'avez fait si peur… Vos voix chantantes me restent au bord des tympans.

Longtemps, j'ai laissé mes souvenirs se rétracter, j'ai fui ma mémoire encombrée, par panique de ne jamais quitter les sortilèges de mes origines. Je m'inventais des rêves apathiques, des désirs maigrichons de mari domestiqué. Étudiant à Sciences Po, j'avais même envisagé de devenir troupier dans l'industrie, syndicaliste encarté ou cadre gavé de stock-options. Tout sauf un Jardin ! Mon sang me terrifiait, car il me plaisait trop. Aujourd'hui, je reviens vers ces ombres énormes qui, à mesure qu'elles s'éloignent, ne cessent de grandir sous mon crâne. L'univers contemporain, qui procède sans rougir du principe de précaution, m'écœure chaque jour davantage. Oui, je l'avoue, tous ces déréglés qui m'ont précédé n'en finissent pas de me séduire et de m'aiguillonner.

L'autopsie des ruptures des Jardin – et assimilés – révèle presque toujours un penchant incurable pour l'absolu, une démesure affective dont je reste nostalgique. Mais surtout, leurs mœurs intimes tenaient de la création la plus pure ; car ces gens-là ne roupillaient pas normalement, n'avalaient pas ce que le commun des mortels digère et se soignaient avec des lectures choisies, non avec de vulgaires remèdes. Leur hygiène décoiffait tous les principes sanitaires. Inflexible, ma grand-mère renonça toute sa vie à se laver les cheveux – elle brossait sa crinière une à deux heures par jour, à l'antique – et tailla elle-même sa garde-robe de 1918 à 1995, en affirmant toujours son propre style, mi-classique mi-mésopotamien. S'abaisser à suivre la mode lui paraissait un crime contre le goût. Croyez-moi ou non, nos préservatifs mêmes étaient faits maison en boyaux de porc qui séchaient dans l'arrière-cuisine ! Quant à notre jardin, ce n'était pas un morceau de nature ordinaire, mais un potager déguisé en parc à la française. Tout se cuisinait dans nos plates-bandes, comme au château de Villandry. La courgette fut longtemps pour moi une fleur destinée aux femmes convoitées, avant d'être un légume ; une fleur qui se consommait en bouquets ou en beignets, selon l'humeur. Nous faisions même d'exquis sorbets avec les nénuphars de notre bassin aux écrevisses.

Au milieu du charivari des miens, j'eus souvent la trouille du lendemain, mais j'appris peu à peu à devenir écrivain, à disputer au réel le dernier mot. C'est cela pour moi, écrire : riposter, se supposer l'âme d'un irréductible, pratiquer en mousquetaire le refus de l'indigeste réalité. Ce livre aura donc la véhémence d'un manifeste en faveur des Jardin – qu'ils soient de sang ou d'adoption –, l'énergie d'un pamphlet contre les frileux du gland ou du cœur. Je reste convaincu que cette bande de téméraires arpenta pour nous les rivages de la grande liberté. Le Zubial, Merlin, l'Arquebuse, le Nain Jaune et les autres furent en quelque sorte nos ambassadeurs. Leurs frasques nous parlent de nos réticences à vivre plus largement, de notre pusillanimité. Ils portaient nos couleurs dans des territoires moraux non cadastrés, dilataient la terre et rendaient folles toutes les boussoles.

Zouzou ou l'anomalie

Au premier étage de la Mandragore, on trouvait une étrange galerie de portraits des Jardin, photographiés ou peints. Ma grand-mère l'avait enrichie de tableaux d'écrivains (ou de leurs héros) qu'elle vénérait assez pour les rattacher à notre arbre généalogique. Enjoué, Voltaire voisinait avec un cliché saisissant du Zubial qui plastronnait dans l'habit porté par Talleyrand le jour du sacre de Napoléon. Mes cousins souriaient aux côtés de Choderlos de Laclos, de Musset bien sûr, d'un jovial Alexandre Dumas, de Goldoni poudré, de Cyrano (et non de Rostand), de Shelley fiévreux et du cher Rilke encore plus ténébreux qu'à l'ordinaire. Frédéric, mon frère, n'en finissait pas de ricaner près d'une photographie d'Aragon. Au détour d'un couloir, ma grand-mère figurait entre la bobine marmoréenne du Nain Jaune, son époux, et celle de son amant flegmatique Paul Morand, non loin d'une gravure de Lady Chatterley qui, bizarrement, côtoyait une caricature du génial René Goscinny. Mes oncles, Merlin et Gabriel, pouffaient en noir et blanc à quelques centimètres de Chateaubriand, du Sâr Péladan et de Stendhal, peu à leur avantage dans des cadres emphatiques. À dix ans, je connaissais déjà ma vraie famille... C'est miraculeux qu'elle ne m'ait pas trop écrasé.

Mais il y avait près d'un recoin sombre un portrait unique, peut-être le plus énigmatique : celui d'une jeune femme que tout le monde appelait Zouzou. Dans cet herbier haut en couleur, cette fleur sage avait la singularité d'être extraordinairement normale. Ce qui, chez nous, passait pour le début de l'excentricité. Zouzou était notre icône. Sa pureté étincelante la distinguait. Jamais on ne lui avait connu de liaison avec un gorille ardent, d'engagement associatif qui eût quelque relief ou de vice admirable. Son portrait à l'huile, exécuté avec grâce par le peintre Driès, était d'une certaine façon celui d'une anti-Jardin.

Lorsque cette timide s'était présentée pour la

première fois à Vevey, en 1969, elle avait sollicité un emploi de nurse. Sincère, la postulante n'avait pas caché que l'argent présentait à ses yeux une valeur certaine et qu'elle envisageait même de mener un jour une vie conjugale orthodoxe. Comble de la provocation, elle avait avoué avec franchise qu'il lui semblait nécessaire de se lever le matin pour gagner sa croûte. Son exotisme avait dérouté ; sa candeur avait fasciné. On s'était empressé d'oublier son identité pour la rebaptiser Zouzou ; ce qui était une manière d'adopter cet arc-en-ciel, ou plutôt de la jardiniser d'emblée.

Dure à la peine, Zouzou n'était pas originaire d'un pays moelleux mais du nord de la France le plus en rade, celui de la misère syndiquée et des ouragans sociaux. Un père cinglant avait aggravé le calvaire de ses premières années dans un coron où dégorgeait une marmaille nombreuse. La liberté était pour Zouzou un mot de riche, un caviar de Parisiens. Je lui dois sans doute ma manie actuelle du combat social. Sa famille employait un idiome populaire, prolifique en mots argotiques, du français sans pedigree. Mais son port de tête signalait une âme élevée, cuirassée contre la petitesse. Sa beauté candide avait achevé de convaincre. On lui avait accordé la place. Zouzou entra chez les Jardin et, pendant plus d'un quart de siècle, devint notre unique charnière avec le monde réel, notre seule modératrice.

Sans Zouzou, notre bateau désancré aurait sombré mille fois, la Mandragore eût été un zoo humain infréquentable. Ma grand-mère était si étrangère aux usages courants… L'Arquebuse exigeait-elle de ses petits-enfants qu'ils tapent sur les radiateurs avec leurs chaussures lorsqu'ils copulaient le soir, afin que les vibrations filant le long des tuyaux la préviennent ? Car cette gourmande voulait à tout prix être informée de l'imminence des coïts de sa descendance… Zouzou nous déclarait aussitôt qu'il était malséant d'avertir son aïeule en de pareils moments. Mon oncle Merlin priait-il Zouzou de tenir l'escabeau lorsqu'il tentait de décoller à l'aide de ses ailes mécaniques ? Elle refusait poliment en rappelant que cette pratique fâcheuse présentait des risques excessifs. Maternelle, elle tempérait notre microsociété zinzin, saupoudrait sur nos exagérations une douceur provinciale.

L'arrivée de Zouzou fut un séisme. Je le répète, notre famille n'avait encore jamais accueilli en son sein une personne aux mœurs calibrées. Entrée en qualité de nounou, ce tendron devait connaître une trajectoire sentimentale jardinesque, intimement mêlée à l'épopée de nos amours. Sa destinée – qui n'est pas forclose – reste un roman à tiroirs, celui de mon clan habitué à tous les spasmes affectifs. Elle seule pouvait guider un visiteur non averti dans ce cirque surréel qui faillit me détruire ; mais que j'ai tant goûté…

Puisse Zouzou me pardonner de faire d'elle aujourd'hui une héroïne, alors qu'elle fut la seule d'entre nous à ne pas souhaiter accéder à ce statut. Jamais elle ne songea à rivaliser avec Mme de Merteuil ou avec d'autres caractères de papier. Dans son esprit, les romans étaient de simples moments d'émotion, non des catalogues de libertés à empocher. Petit, je me tournais vers Zouzou pour distinguer le fictif du véridique, le scandaleux du rigolo, le trop glissant du tolérable. Ses réprobations me rassuraient, ses soupirs catholiques me permettaient de jauger les événements. Adolescent, je savais qu'elle n'aurait jamais cautionné un écart trop révoltant ; alors que les miens, habitués à patauger dans le monde torve et lumineux du fantasme, applaudissaient à tout.

Zouzou sera donc notre sherpa tout au long de ces pages qui sont à la fois une oraison et un blasphème, un cri d'admiration et d'indignation, une querelle mal vidée. Avec la famille Jardin, j'ai un compte d'admiration à solder, mais aussi un compte de colère à régler. Alors que je suis déjà plusieurs fois père, je me remets à peine de la cacophonie de leurs égarements. Le royaume dont ils m'ont livré les clés était trop vaste pour le jeune homme que je fus. Tant de liberté faillit m'anéantir. Beaucoup y succombèrent. Par miracle, je ne fus pas totalement assimilé ; il me reste assez de fibre pour ressusciter aujourd'hui, à la fois plus Jardin que jamais – et drastiquement autre.

De sexe, bien sûr, il sera beaucoup question dans ce texte sans maquillage. Quelle délivrance de claironner enfin *ma* vérité, de ne plus taire les chapitres ombreux de notre saga ! J'ai encore parfois du mal à me persuader que ces années eurent quelque réalité – tant les Jardin et leurs relations s'ingéniaient à paraître fictifs. Mais que les miens ne tremblent pas : leurs embardées érotiques ne seront que suggérées.

Cependant, j'aborderai sans équivoque les folies multiples et parfois burlesques auxquelles je me suis abandonné, travaillé par mon sang et éperdument désireux d'y échapper. Hélas, l'auteur du *Zèbre*, de *L'Île des Gauchers* et de *Fanfan* fut très inférieur à ce qu'il s'attachait à paraître. Confit en habitudes domestiques, il demeurait distant de ses ouvrages ; et, sur la fin de son mariage, la fidélité l'opprimait. Néanmoins, aucune de mes excursions extraconjugales tardives ne fut subalterne : elles visèrent toujours au sublime ; même lorsque ces liaisons se réduisirent à une suite de sentiments qui ne vivaient que de surprises et de satisfactions d'amour-propre.

Voici donc la vraie histoire des amours des Jardin, le roman qu'ils eurent l'audace de vivre. Aujourd'hui, je paie mes dettes en papier broché, mon unique valeur refuge.

Zouzou m'a dit

Longtemps, je me suis demandé ce qui était véridique dans l'inventaire de mes souvenirs drôles ou mal famés. Pour démêler l'avéré de l'apocryphe, Zouzou fut toujours une ressource. Elle n'avait pas besoin d'une forte dose d'apparence pour vivre ; le réel lui suffisait. La consulter, c'était donc courir le risque d'être giflé par une révélation précise. Cette femme authentique n'est composée que d'exactitudes.

Au printemps 1996, je m'invite donc chez Zouzou qui, après le décès de l'Arquebuse, s'est embaumée vivante près de Nice. Exténuée de mémoire, elle occupe un chenil ravissant qui se trouve être son domicile. Sa nouvelle famille d'aboyeurs l'apaise : les chiens sont moins dangereux que les Jardin. Perchée sur une colline qui semble un fragment du canton de Vaud,

Zouzou domine un littoral inondé de vulgarité. Modeste, sa villa demeure une allusion à la Mandragore : tableaux estompés, vestiges de mobilier, parfums de fleurs comestibles, tout y parle des maisons Jardin de naguère. Le visage immuable de Zouzou est resté trait pour trait celui qui fut aimé des miens : par fidélité, elle a renoncé à tout – même à vieillir.

Dans son potager – un petit palais de plein air –, Zouzou continue d'apprivoiser les fleurs qu'elle cuisine. C'est sur les hauteurs de Mougins qu'elle perpétue l'art d'être des nôtres en faisant ventre de tout. Ce jour-là, Zouzou me reçoit autour d'un gigot de grenouilles accompagné d'une salade de roses confites. Avec respect, elle découpe la chair délicate des batraciens ; et soudain sa voix se fait grave :

— Sais-tu que les femmes qui ont aimé ton père se réunissent chaque année en secret, le jour anniversaire de sa mort ? Elles font dire une messe à Sainte-Clotilde…

Cette nouvelle me replonge tout à coup dans l'indéfinissable sentiment d'irréalité qui embruma mon enfance. Ma vie était une telle addition de levers de rideaux, de scènes truquées, d'improbabilités. Pourtant, je sais que l'information, pour extravagante qu'elle soit, est sûre : Zouzou ne goûte pas les fariboles, même séduisantes. J'avale une fleur de travers en me demandant qui a bien pu être mon père pour que ses maîtresses demeurent sous son charme quinze ans après son dernier éclat de rire. À quelle démesure les a-t-il initiées ? Par quelle magie ce séducteur continue-t-il à les subjuguer du fond de sa tombe ?

— Pourquoi ne me l'avais-tu pas dit plus tôt ?

— Cette année, je n'irai pas à Sainte-Clotilde, me répond Zouzou. Je ne veux plus revoir cette église, cet office larmoyant...

J'ai raconté dans un autre livre – *Le Zubial* – ma stupeur inquiète lorsque, le 30 juillet 1997, j'eus la témérité de me faufiler au fond de cette église. J'ai déjà dépeint le rituel à peine croyable que j'aperçus obliquement, caché derrière un pilier, et les pleurs de ce surprenant cheptel d'amantes. Ma mère, au milieu d'elles, les fédérait en silence. J'ai avoué par écrit mon effroi lorsque ces femmes me reconnurent soudain, si semblable à lui ; et ma panique lorsque je me suis finalement carapaté.

Mais ce que je n'ai pas dit, c'est la virulence

de la réaction de cette section de veuves – une petite trentaine – lorsqu'elles lurent le chapitre du *Zubial* qui révélait leur culte étrange. Offusquées, toutes me transpercèrent d'injures froides, me criblèrent de reproches incandescents. De quel droit dévoilai-je leur piété ? Comment osai-je profaner leur fidélité en la livrant au public ? Toutes ces femmes me tournèrent le dos, sauf une : Zouzou. Les quelques lignes qu'elle m'adressa sont peut-être à l'origine de ce livre :

« *Alexandre*,

Merci pour cette cure de franchise. Il faut guérir un jour d'avoir trop connu les Jardin. Je ne vois pas d'autre remède que la vérité. Mais tu n'as pas tout dit : pourquoi cette retenue ? Déverrouille-toi intégralement, et libère-nous.

Zouzou »

L'ambidextre

1974, j'ai neuf ans et hâte d'être sacré empereur. Cette perspective – hautement probable dans mon cerveau de yearling – ne cesse de me fouetter l'esprit. Ah, couvrir de gloire cet être décevant que j'appelle moi... Pas question de m'enliser dans la réédition d'un bonheur débonnaire ou de faire carrière dans le commerce du grille-pain (ou du verre à dents...). J'ai déjà la trouille de me dissoudre au sein des beaux quartiers ouatés qui sont la patrie du bâillement et des certitudes douillettes. Je serai empereur triomphant (ou roi en exil, à la rigueur), sinon rien. Aucun des miens n'a jugé nécessaire de me faire réviser mes ambitions délirantes, ou même de les rabioter un peu. Sait-on jamais ? Les Jardin envisagent tout naturellement que le petit Alexandre pourrait bien un jour enfourcher le destin à la façon de Charlemagne ou, faute de mieux, ramasser la couronne de Napoléon. L'enfance, cette préface trop longue, me désespère donc. On m'inflige des bulletins de notes (plutôt ternes), alors que je trouve de ma dignité d'être conspué par des nations, de révoquer des ministres rétifs ou de remanier en sifflotant la Constitution de l'Europe. Je rêve d'enlever mon Pont d'Arcole et dois me contenter de traverser chaque matin celui de l'Alma en compagnie d'une nounou aux fesses plates qui m'escorte jusqu'à mon école. Quelle avanie...

Soudain, le ciel s'éclaire.

Pour la première fois, l'impatient ridicule est admis à un vrai petit déjeuner de grandes personnes. En réalité, je n'ai pas été *convié* ni admis à raisonner avec les hôtes de mon grand-père. Par commodité, on m'a simplement confié dès le matin au Nain Jaune qui doit m'accompagner jusqu'à Vevey pour me remettre à ma grand-mère. On m'accueille donc à l'hôtel Lapérouse, épicentre de la vie politique occulte de l'époque.

Avec les façons sacerdotales d'un Richelieu junior – l'idole de mes neuf ans –, je me fais annoncer à la réception du fameux Lapérouse. Mon grand-père y conspire à l'année dans l'intérêt du pays tout en veillant à ne jamais oublier le sien. C'est en effet dans ce palace parisien – aujourd'hui liquidé, derrière la place de l'Étoile – que le Nain Jaune confesse les prélats de la République, crée l'entente entre les discordances françaises, fabrique son influence, prie son dieu en latin, fornique à loisir et traite les affaires de la nation avec une rare courtoisie du lundi au vendredi. Le plus souvent, on l'y trouve accompagné au petit déjeuner d'un ex-espion soviétique fanatique de bilboquet. Ce KGBiste lui traduit chaque matin la *Pravda* avec dévotion et tente de comptabiliser, tout en avalant des œufs frits, ses enfants naturels innombrables. Les week-ends, le Nain Jaune – homme de droite qui idolâtre la famille – a l'habitude de retourner en Suisse la mine contrite, déguisé en mari.

Dans le vaste hall, on traite le morveux que je suis avec des égards de ministre, pour une raison bien particulière… Ennemi viscéral du changement – tout déménagement réveille son asthme virulent – mon grand-père comble depuis des années le déficit exorbitant du Lapérouse (palace d'une taille similaire à celui de l'actuel Raphaël…). L'idée de dire adieu à sa chambre attitrée et au personnel de l'établissement lui est physiquement intolérable : ses bronches ne le lui permettraient pas. Ce conservateur atavique n'a jamais su quitter. Nous sommes donc un peu chez nous à bord de ce *Titanic* qu'il maintient à flot pour des raisons prophylactiques. En vain, le Nain Jaune a déjà tout essayé pour soigner ses insuffisances pulmonaires. Après avoir eu recours à d'ultimes médications classiques – et à court de fonds ! –, il s'est même tourné vers un charlatan des Balkans, adepte de la technique dite de *Zeus dans le derrière*. Le Moldave a jugé salutaire de lui électrocuter l'anus à l'aide d'un bâton chromé relié à du 220 volts. Hélas, l'intromission énergétique – pratiquée en présence du Zubial – n'a rien donné. Les fesses meurtries, il continue donc à casquer la suite la plus chère d'Europe.

Dans un petit salon, on me présente à une jeune liane dénommée Zouzou. Silhouette flexible, sourire fugace et entêtant, effacement subtil. Sa chevelure brune me fait l'effet d'une blondeur. Elle passe pour la secrétaire du Nain Jaune qui lui décerne des regards admiratifs. En la voyant, le séducteur déjà mûr s'exporte dans une île fabuleuse, émigre vers une nouvelle jeunesse. Obligeant jusqu'au lyrisme, il contemple Zouzou comme une cathédrale de féminité. Le Soviétique habitué des lieux est également là, doté d'un physique unique au monde : une tronche de bas-relief aztèque, un crâne dispensé de front, des yeux de fakir et une curieuse moquette râpée en guise de chevelure. La tête de Soko, prodigieusement effilée, semble n'être qu'un profil, presque une effigie. Contre toute attente, ce bolchevique comploteur traîne derrière lui une réputation de grand inséminateur de femmes. Lui aussi boit le charme de Zouzou à petites goulées.

Cette dernière me sert un chocolat brûlant, tandis que Soko replie la *Pravda* avec piété pour faire joujou avec son bilboquet. Devant moi, les pieds plongés dans une bassine, un homme qui ressemble à François Mitterrand mastique des toasts beurrés en évoquant les besoins financiers abyssaux de la gauche réformatrice. À l'entendre, la défense du petit peuple reste un luxe hors de prix, un passe-temps réservé aux opulents. Loin des trémolos et des cymbales de la République, on parle épicerie électorale en pétunant des havanes, on soupèse la matière humaine tricolore comme on ferait avec des petits pois. Ce cynique très répandu, et aux pieds gonflés, ressemble au vrai Mitterrand, celui qui exhibe ses dents sur les affiches placardées dans les rues de Paris. Nous sommes en pleine campagne présidentielle. Las, le Nain Jaune déplore que tout augmente, regrette le franc stable de son enfance. Puis il craque une allumette, gobe une ration de nicotine et déclare que l'air du temps lui paraît irrespirable depuis les répressions fumigènes de Mai 68. Seule la vue de Zouzou semble le laver de ses nostalgies. Peu à peu, je comprends que la mauvaise copie de Mitterrand – noyée dans les nuées tabagiques – est l'un de ses frères, venu prendre livraison d'un peu d'argent frais pour le parti socialiste. De toute évidence, le candidat n'a confiance qu'en sa famille. Que le Nain Jaune soit l'ancien chef de cabinet de Pierre Laval à Vichy ne paraît troubler personne. On jacasse entre filous stylés, on me néglige, et puisque je n'ai que cela à faire, j'enregistre tout. Et je m'interroge : pourquoi la droite qui fume des cigares finance-t-elle le programme commun de la gauche dont on cause à la télé ? Pourquoi le Nain Jaune déclare-t-il que la droite a déjà touché sa part de subsides et que « les équilibres sont respectés » (la formule m'est restée) ? Pourquoi le faux Mitterrand a-t-il plongé ses pieds nus dans une bassine d'eau chaude ?

Tout à coup, le Nain Jaune se rappelle que j'existe et décide de m'épater. Il exécute un tour dont je raffole en décapitant son œuf à la coque avec la lame d'un couteau. Le Mitterrand de contrefaçon applaudit. Mais un détail me saute aux yeux. Depuis que ma grand-mère m'a fait découvrir Sherlock Holmes, j'ai la manie de l'observation minutieuse. Or mon grand-père vient de se servir de sa main gauche pour scalper l'œuf, alors qu'à Vevey il a déjà réussi cet exploit des dizaines de fois devant moi en usant de sa main droite… Quelque chose ne tourne pas rond.

On me prie de suivre Zouzou pour aller chercher les fameuses *valises* que les fumeurs évoquent à voix basse. Nous quittons le petit salon et déboulons dans l'unique chambre de la suite où je découvre deux bagages en cuir. Zouzou ouvre la première valise de la main gauche, puis la seconde, en utilisant toujours cette main du diable qui n'est pas celle dont se sert l'Arquebuse, droitière invétérée. Tout de suite, je devine l'origine du changement de latéralisation du Nain Jaune : épris, mon grand-père a rejoint Zouzou dans sa gaucherie physiologique. Son mimétisme passionnel me bouleverse. Que l'on puisse dompter ses membres supérieurs par amour, leur imposer la dictature d'une contrariété, me subjugue... Cette rupture organique et profonde me dit assez l'importance de Zouzou dans le cœur vieillissant du Nain Jaune.

— Regarde, me souffle-t-elle. Tu ne verras pas ça deux fois dans ta vie...

Les deux bagages s'ouvrent béants, remplis de billets de banque destinés au vrai Mitterrand. Zouzou avait raison : jamais plus je n'ai revu une telle provision de liquide... Une partie du bas de laine des entreprises françaises est là, en piles bien ordonnées : des briques de Pascal, des pavés de Voltaire, un petit mètre cube de liasses. J'ai l'impression que nous venons de faire un casse historique, de toucher un solide acompte pour fonder un nouvel État et que tout est désormais possible. La jolie Zouzou me suggère alors de voler une grosse coupure et précise :

— Personne ne s'en apercevra. Ils ne comptent pas !

Ravi, je chipe un énorme billet en riant. Dans une boulangerie, face à la gare de Lyon, Zouzou me permettra d'acheter des kilos de bonbons avec cet argent noir des partis. Quelle razzia... À neuf ans, je viens d'apprendre que la vie est un western à peine croyable où les chenapans ont le dernier mot, un Monopoly sans règles pratiqué par de faux Mitterrand et de vrais coquins. Comment pourrais-je par la suite croire aux duperies des grandes personnes, au classement vertical des citoyens en hiérarchies sérieuses, au pipeau de la respectabilité ? Ce jour-là, j'ai l'impression d'avoir aperçu les dessous de la farce politique, la machinerie du théâtre. Au même moment naît en moi, comme par compensation, un viscéral besoin de pureté, une faim d'innocence. J'aurais tant aimé que mon grand-père fût un métis de Bayard et de Don Quichotte plutôt que l'homme du réel, l'ami des tripoteurs de tous bords, le répartiteur des valises...

Dans le train qui nous entraîne vers la Suisse – le Nain Jaune y séjourne chaque week-end auprès de l'Arquebuse – nous passons à table avec Zouzou. Mon grand-père cite Giraudoux et Vaugelas, peste contre notre époque qui remplace le progrès par la vitesse et le voyage par le tourisme. Au début du repas, je note qu'il manie ses couverts en gaucher ; mais à mesure que nous approchons de la frontière, le vieil amant s'emmêle et devient ambidextre. Et c'est en droitier qu'il règle la note du wagon-restaurant en gare de Lausanne. J'ai ainsi la confirmation que le Nain Jaune est bien gaucher à l'hôtel Lapérouse, fief de sa maîtresse, et droitier en Suisse chez sa femme. Politiquement et affectivement, mon aïeul est ambidextre... Le suis-je devenu moi aussi ? Mais tous les miens ne sont-ils pas nés ambidextres en tout ?

À neuf ans, j'ai surtout la révélation d'une certaine idée de l'amour : l'engagement d'un Jardin se doit d'être une ascèse, un coup de force contre les engourdissements. Si l'objet de notre passion est Cherokee, nous devons emménager sous un tipi et ne pas craindre de saborder nos convictions d'Européens. Si la dame est communiste enthousiaste, il convient de s'abonner à *L'Humanité* et de le lire quotidiennement avec la foi d'un Soko. L'amour n'est pas une chansonnette de complaisance, un badinage d'étourdi mais bien une aventure radicale qui doit mobiliser jusqu'aux dernières fibres de notre être. Pas question de frivoler avec des femmes non essentielles, de se gâcher dans les jupons de greluchettes qui n'exigent aucune conversion. Et qui ne nous laissent en pourboire que de minces regrets...

Ma mémoire est bardée de souvenirs de cette trempe qui sont autant de leçons. Pourquoi les membres de ma famille furent-ils tous des prospecteurs d'absolu ? Quel chromosome détraqué nous pousse sans cesse à abolir les limites humaines, à dilater nos rêves ? À quarante ans, j'aimerais parfois me purger de mon sang pour me reposer le cœur, et me remplir enfin d'un sérum stagnant. Ah, aimer à petit feu, biffer toute espérance radieuse, être droitier ou vraiment gaucher ! Mais toute ma jeunesse me ramène à cette exigence de dément...

Et si tout cela partait de ma mère ? Mais non, il est encore trop tôt pour prononcer le nom de cette femme d'exception...

Le perroquet de Paul Morand

Été 1989. L'Europe s'expose sur les plages occupées par les ruées balnéaires. Des foules de créatures amphibies bivouaquent en maillot de bain, entassées sur des serviettes-éponges. L'Arquebuse, plus digne et pâle que jamais, se tient seule drapée dans de vieux châles en cashmere. Rétive à toute grégarité, elle se terre derrière les épais rideaux de la Mandragore. Je frappe, fais grincer la porte de sa chambre et la trouve pétrifiée, ou plutôt figée dans le marbre d'une posture méditative. De lourdes larmes dégringolent le long du lacis de ses rides. Quel deuil l'accable donc ? Celui d'un être longtemps vénéré : un perroquet cardiaque en provenance du Gabon. L'animal fut légué onze ans plus tôt par l'un de ses amants, Paul Morand, qui la faisait monter à bord des bateaux du Léman en lui donnant l'impression de s'embarquer sur le Guadalquivir, l'homme dont les chapeaux de paille semblaient des fez avec des bords ou des sombreros retaillés.

En 1976, le styliste migrateur avait rendu l'âme à Vevey, son ultime étape. Par testament, Morand avait fait de mon oncle Gabriel son héritier légal. Ce dernier, tatillon sur le chapitre de l'honneur de son père, avait bizarrement accepté le legs du séducteur qui cocufia longtemps le Nain Jaune. Un Jardin, même friand de principes, ne s'arrête pas à ces détails : on ne refuse pas l'héritage d'un écrivain pathologiquement doué. La fortune morandienne était modeste mais éloquente : un passeport barré de dizaines de coups de tampon violets qui étaient autant d'alluvions d'un passé de globe-trotter, une Alfa Romeo au moteur fourbu, de chétifs droits d'auteur et… un perroquet prolixe qui imitait à la perfection le timbre crispé (et crispant) du disparu.

Depuis cette date, l'Arquebuse avait vécu auprès de ce volatile grincheux rebaptisé Paul. Fin causeur, le cacatoès guindé avait fini par devenir le fantôme officiel de l'académicien. Pendant treize années, mon inconsolable grand-mère s'endormit donc avec la voix de son amant favori pour en supporter le manque physique. Chez cette femme déjà mûre, il y avait tout, excepté de la vieillesse. Chaque soir, noyée de nostalgie, elle s'alitait donc en fermant les yeux, écoutait jacasser l'oiseau et se trouvait ainsi renvoyée à l'époque où Morand la désirait. À chaque fois, cette liturgie érotico-cinglée la plongeait dans des ondes de plaisir. Bien entendu, l'âge n'éteignit jamais ses ardeurs.

— Le curé de Vevey a dit non… me murmure-t-elle désemparée. Ce calotin mal-pensant s'oppose à ce que Paul soit inhumé dans le caveau des Jardin.

— Paul ?

— Le perroquet. Il paraît que les oiseaux n'ont pas d'âme ! peste-t-elle en s'empourprant. C'était pourtant bien celle de Paul qui habitait le défunt…

— Le défunt ?

— L'oiseau…

— Ah…

Dérouté, je m'abstiens de commenter ce point litigieux de théologie. Néanmoins, je ne suis pas mécontent que le clergé local ait refusé que le spectre à plumes de Morand soit enterré dans notre caveau. À vingt-quatre ans, je suis déjà las de nos désordres affectifs. Que les bêtes restent à leur place, loin de nos ossements ! Et que les réincarnations des amants de nos femmes, mères et grand-mères se tiennent à l'écart de nos sépultures !

— Naturellement, conclut l'Arquebuse, j'ai insulté cet ecclésiastique borné, piètre galant qui ne comprend rien aux vertiges des grandes amours… Zouzou m'a empêchée de le frapper. Pourquoi refuse-t-elle à chaque fois la volupté insondable de gifler les écervelés ?

Ma grand-mère poursuit sur sa lancée, se perd dans les enflures de son verbe si particulier. La phraséologie arquebusienne donnait souvent de la superbe à nos mesquineries : dans sa bouche, nous n'étions pas bêtement *égoïstes* mais « hantés jusqu'au délire par l'extase d'être soi ». Quelle jactance ! Tout ressortait magnifié de son gosier prolifique qui plaquait d'or nos plus vilains instincts. Soudain, après quelques soupirs, la veuve du cacatoès en vient à ce qui la turlupine vraiment :

— Alexandre, je t'ai fait venir car tu es l'un des rares à pouvoir me sauver… Zouzou a déjà eu le front de me dire non.

— Peut-être a-t-elle eu raison ?

— Approche mon chéri et ouvre bien tes oreilles. Quand on aime, on a toujours raison…

Perplexe, j'écoute le projet secret de l'Arquebuse qui ne peut être que sentimental : sa vocation fut toujours d'aimer les hommes. Mais cette mère, soudain pudique, ne veut en aucun cas que Gabriel et Merlin, ses deux fistons encore vivants, apprennent l'équipée qu'elle prémédite. La seconde mort de Paul – définitive, celle-ci – a ravivé chez elle le besoin de ressusciter ses liaisons les plus anciennes. À quatre-vingt-deux ans, cette sédentaire notoire me supplie de la conduire jusqu'à Reims pour y retrouver l'amant qui lui donna tant de joie physique et spirituelle pendant la guerre. Le vibrant jeune homme – assujetti à son prodigieux savoir-faire érotique – avait dix-sept ans, elle trente-cinq. C'était en 1943, à Berne. Cette histoire leur permit d'oublier le boucan de l'Histoire. Quarante-six ans plus tard, la peau de l'Arquebuse reste nostalgique de cette liaison pour temps compliqués. La passion, la vraie, ne se périma jamais dans le cœur de ma grand-mère, même envahie par la cellulite, arthritique et aussi cardiaque qu'un vieux perroquet.

La requête de l'Arquebuse me laisse sans voix. Pas pour des raisons morales. Ma stupeur vient d'ailleurs : de 1943 à 1989, l'Arquebuse n'a franchi les grilles de son parc que cinq fois, et jamais pour s'exporter jusqu'en France. Elle est de ces vraies lectrices qui ne changent de latitude qu'en fréquentant un roman, de ces aventurières qui ne bourlinguent que dans les bras d'un écrivain. Ses ouvrages préférés sont composés de lignes de fuite, pas d'horizons littéraires bouchés. Et soudain, la vieille se déclare voyageuse ! L'ex-jeune femme quitte sa torpeur, entend refleurir avec la complicité de l'un de ses petits-fils. Les livres ne suffisent plus à son appétence juvénile d'octogénaire. Avant de tirer le rideau, l'Arquebuse veut encore valser une dernière fois au bras d'un amant qui, dans son esprit, aura toujours l'âge des libertés qu'ils goûtèrent ensemble.

Que vais-je faire ?

La dernière valse

Réjouir ma grand-mère occupa une bonne part de ma première jeunesse. En 1987, j'avais accepté de tenir une chronique littéraire sur Canal Plus pour alimenter ses fantasmes et, subsidiairement, gagner ma vie. En quittant le plateau de l'émission – qu'elle suivait avec piété –, je lui téléphonais à chaque fois pour l'informer que les invitées les plus affriolantes avaient soi-disant tenté de me violer dans les couloirs de la chaîne. Ce type de révélation avait le pouvoir de la plonger dans une frémissante béatitude. Elle m'imaginait comme un chevalier d'empressement auprès de ces dames, toujours disposé à calmer leur ardeur. Un jour que je lui confiai avoir résisté aux assauts gourmands de Paloma Picasso – ce qui était faux, bien entendu – elle m'écrivit ce petit mot indigné : « Imbécile, tu aurais pu faire l'amour avec la fille de Michel-Ange ! » Outrée par ma négligence, elle me battit froid pendant trois semaines.

Mais cette fois, l'affaire était complexe ; car dès le début je m'aperçus avec stupeur que l'Arquebuse ne détenait aucun papier d'identité depuis des décennies. En 1943, elle avait franchi la frontière suisse escortée par son mari diplomate et, depuis, n'avait plus guère quitté son jardin. À ses yeux, la société n'existait que très vaguement. La légalité républicaine, jugée libertivore, lui apparaissait comme une forme d'abus immoral.

— Tu n'as pas de carte, de passeport ? À ton âge ? m'étonnai-je.

— Je suis contre, me rétorqua-t-elle avec dégoût.

— Mais tu n'as pas à être pour ou contre ! Tout le monde possède des papiers.

— Pourquoi ? Je sais qui je suis.

— Peut-être... mais pas la douane.

— Si ces gens ont plus confiance en un bout de papier qu'en ma parole, je saurai les persuader de leur manque de bon sens. Ne te tracasse pas pour des détails pareils...

L'affaire s'envenima. Par principe, l'Arquebuse refusait toute identité autre que celle qu'elle se reconnaissait. Rétive à la moindre démarche officielle – avilissante à ses yeux –, elle ne tolérait pas l'idée de se laisser définir par un fonctionnaire assis derrière un grillage. Quant aux basses considérations douanières, elles ne l'intéressaient en aucune façon. De même, l'Arquebuse refusa toujours les injonctions du code de la route qu'elle tenait pour un livre exécrable, une compilation de prose indigeste. Les flics téméraires qui essayèrent de lui faire entendre raison en furent généralement pour leur grade.

Sa position (très ferme) compliquait singulièrement l'entreprise – comment l'exfiltrer de Suisse puis la faire rerentrer en douce sur le territoire helvétique ? – ; mais en même temps, il me plaisait de participer à la résurrection d'une passion. J'étais même assez flatté que l'Arquebuse m'eût confié un rôle majeur dans cette fugue de jeune fille.

Le lendemain matin, je démarrai discrètement les repérages le long de la frontière du canton de Genève, non pour faire pénétrer en Suisse des fonds douteux mais afin d'organiser au mieux l'évasion romantique de ma grand-mère. Curieux passeur et étrange contrebande… Les activités illégales auxquelles se livraient les Jardin avaient parfois un doux parfum de comédie. Par chance, je remarquai l'existence de postes des douanes fermés la nuit, en bordure de petites routes peu fréquentées.

Deux jours plus tard, nous tentâmes l'aventure à bord de l'Alfa Romeo usée de Paul Morand. Aux alentours de minuit, nous nous risquâmes sur un chemin mal éclairé. Je garde le souvenir très vif des angoisses qui me tenaillaient : si nous nous faisions pincer, qu'allais-je bien pouvoir baratiner aux douaniers ? De surcroît, la situation était aggravée par un détail fâcheux : la carte grise se trouvait toujours inscrite au nom du propriétaire du cacatoès, refroidi depuis des lustres…

— Il suffit de dire la vérité, ne cessait de me répéter l'Arquebuse.

— Laquelle ? Quelle vérité ? Que moi, ton petit-fils, je te conduis clandestinement en France pour retrouver un amant de 1943 dans la voiture d'un mort que tu as également aimé ? Mais tu n'es plus censée courir derrière l'amour, tu as quatre-vingt-deux ans ! Et que tu es hostile aux papiers d'identité ? C'est ça, la vérité ?

— En effet, mon chéri.

— Mais elle n'est pas croyable, cette vérité ! On nous coffrera, avec camisole de force.

— Pourquoi prends-tu les choses au sérieux ?

Ce sentiment de vivre l'inexplicable, je l'ai souvent ressenti dans les vicissitudes de mon adolescence. Le soir où mon frère Emmanuel me reçut à dîner chez la dernière concubine de notre père devenue son amante, j'eus quelque difficulté à préciser le statut exact de la maîtresse de maison – que nous surnommions Bouche d'or. Le jour où mon oncle Gabriel, parti sans appréhension à un enterrement, fut violé à l'issue des condoléances par une insatiable charmante qui devait devenir sa femme, je fus déboussolé. Lorsque Zouzou – ex-maîtresse en titre du Nain Jaune – résolut de vivre à Vevey sous le même toit que l'Arquebuse, son ancienne rivale, j'en perdis définitivement mon algèbre. Et quand la même Zouzou fut promue au rang de compagne de l'un des fils du Nain Jaune (l'inénarrable Merlin), je ne sus que dire à mes enfants. Comment leur exposer qu'il semblait naturel à notre ex-nurse de passer des bras du père à ceux du fils, à quelques années de distance ? Mais la situation excéda mes ressources explicatives le jour où j'appris la mort abracadabrantesque de Merlin. Fou de pureté et ivre de chant grégorien, mon oncle merveilleux se pendit un soir équipé d'ailes mécaniques, face à une grande glace, pour tuer l'ange en lui et tenter de se remettre à l'endroit (il était gaucher-miroir) – au grand dam de Zouzou, sa nouvelle liaison. La sortie spectaculaire de ce SDF de luxe génial et dépensier, perpétuellement en fuite, se dépersonnalisant sans fin jusqu'à se confisquer lui-même, s'occultant même à ses propres yeux, correspondait bien à sa vie impossible. Dans son cerveau, les verbes vivre et mourir se conjuguaient hors de toute grammaire. Percuté par l'énormité de la nouvelle, je mis des années à articuler le début d'un commentaire sur cet homme que j'ai follement aimé. Et admiré.

Que dire, sinon que Merlin et les autres furent tout simplement des Jardin ? Des êtres si dramatiquement libres et si dédaigneux d'une morale minuscule que tout jugement hâtif dénature leurs actes. Les destinées torrentueuses de ces irréguliers ne s'épinglent pas avec des mots rassurants. La guerre, sans doute, les avait détraqués. Explorant sans frein la géographie de leurs curiosités, ces culottés furent bien incapables de piloter leurs sens sans se laisser aller à de phénoménales embardées. Enfant, aucun ne reçut de prescriptions moralisantes, de feuille de route précise sur la manière d'aimer. Leurs excursions érotiques ne craignirent donc jamais le pittoresque…

Pour l'heure, je redoutais l'arrestation par la douane volante et une confrontation houleuse entre l'Arquebuse et les autorités suisses ou françaises. Coup de chance, l'altercation n'eut pas lieu. Les mots comme des poings de l'Arquebuse restèrent au fond de son gosier, prêts à fracasser d'autres officiels.

En chemin, elle se confia à moi longuement, à mi-voix, en usant de ce *nous* majestueux et clanique par lequel elle s'appropriait les faits et gestes de ses proches. Évoquant un cousin italo-normand qui reluquait une mère tentante et sa fille (qui ne l'était pas moins), elle me déclara avec émotion : « Nous avons eu beaucoup de mal à choisir, mais le fallait-il ? Nous avons cruellement souffert de ce dilemme absurde. » Au sujet d'un ancien Premier ministre polygame sans fierté, elle me chuchota avec le plus vif dépit : « Nous avons été chagriné de forniquer dans le secret de Matignon »... Sa première personne était souvent un pluriel et sa voix de grande diseuse chamarrait de romanesque les moindres potins.

Puis, au cœur de la nuit, l'Arquebuse me confia un songe récurrent qui tourmentait ses nuits, une sorte de cauchemar érotico-culinaire qui révélait – sans qu'elle s'en aperçût – son calvaire d'être prisonnière d'un vieux corps alors qu'elle conservait des ardeurs de jeune fille intacte :

— Je rêve de temps à autre que je suis un poulet rôti embroché dans un four. Je suis à point, ruisselante, et personne ne veut me manger... C'est affreux, je ruisselle, je coule et tout le monde me néglige...

Volaille *négligée*, l'Arquebuse était fâchée à mort avec la vieillesse.

Quelques *nous* plus tard, la voiture de Morand atteignit Reims où je déposai mon aïeule devant l'auberge qui devait accueillir ses retrouvailles avec Jean T., le fameux jeune homme de 1943. L'Arquebuse descendit sur le pavé revêtue d'une robe cerise en mousseline, coupée à merveille selon son style mésopotamien, invariable tout au long du XXe siècle. Légère malgré ses hanches en titane (ses os tombaient en poudre) et les kilos graisseux qui la capitonnaient, cette amoureuse délicate avait l'âge de ses impatiences.

— Reprends-moi demain matin ici même. Cette nuit appartient à mes trente ans…

Je m'éloignai troublé, à la recherche d'un autre hôtel, taraudé par l'envie de parler à quelqu'un qui aurait pu me révéler les arcanes de la vie affective de ma tribu. Que s'était-il donc passé avant moi, ou plutôt au-dessus de moi dans l'arbre, pour que notre famille fût si propice aux liaisons acrobatiques ?

Dans une cabine téléphonique, je composai le numéro d'un lascar loquace, sans doute le meilleur historien de la sexualité des Jardin : Yves Salgues. Ce polygraphe crépusculaire, héroïnomane militant, portraiturait à l'époque les célébrités pour des magazines populaires. Le journalisme de complaisance était son gagne-pain. En somme, Salgues gâchait son luxuriant talent de styliste en s'usant à des tâches de folliculaire subalterne ; car il ne possédait hélas pas un caractère proportionné à son génie. L'âme vénale, ce courtisan surcultivé et follement orgueilleux décourageait tout admirateur par une conduite de serpillière. Poète fracassé de drogues (il signa chez Lattès *L'Héroïne*, un gros volume consacré à la substance), le forcené refaisait parfois surface à la faveur d'une rémission et ciselait alors une biographie étincelante (notamment celle de James Dean puis celle de Gainsbourg, qu'il rédigea en campant paraît-il dans le lit du musicien nicotiné…). Puis, revigoré, cet intime du pavot recommençait à mourir. Sa plus grande frénésie paraissait être de se précipiter dans les voies sans issue. Il ne subissait de cures de désintoxication que pour se réinitialiser, jamais dans l'espoir même fugace de s'affranchir de sa formidable appétence toxicomaniaque. Salgues possédait un profil d'oiseau osseux, un corps sans lard et des yeux de rapace insomniaque qui fouillaient les indécis. Il vous mettait en état de rupture morale dès que son regard de commissaire vous boxait. C'était l'indic qu'il me fallait.

— Allô, Yves ? C'est qui exactement ce Jean T. ?

— Ancien ministre, possède trop de lingots pour être malhonnête. Il ne m'apprécie guère, hélas.

— Pourquoi ?

— J'ai aimé sa famille d'un peu trop près en 1962, tout un été. Je leur ai fait découvrir le jazz, alors que ces analphabètes *solfiques* n'appréciaient que les rengaines radiophoniques que le vent dissout. Leurs conduits auditifs n'étaient pas éduqués. Et puis, que m'est-il arrivé ? Je ne sais, une boulimie dionysiaque... J'ai baisé au cours de la même semaine le grand-père de la dynastie, la tante puis la nièce, le chien, le timide neveu et enfin la vieille servante, par humanité. Une fringale historique, à l'insu de chacun ! Quand ils se sont aperçus de l'étendue de mes dégâts fornicatoires, quelle pétaudière ! Jean T. ne m'a jamais pardonné cet été-là... 1962 nous a séparés.

— C'est vrai ou tu déconnes ?

— Sache que je ne *déconne* jamais quand il est question de sexe, me répliqua l'héroïnomane de sa voix rocailleuse. Apprends également qu'à la fin de la guerre, le jeune Jean T. fut initié à de sévères pratiques par ta grand-mère, au cœur des Alpes bernoises. Puis Jean a bifurqué : il s'est marié à une femme qui, par chance, est devenue ultérieurement la maîtresse docile de ton père. Sais-tu ce que ton papa ordonna un jour au téléphone à l'épouse de Jean : « Fais-moi ce soir ce que maman faisait autrefois à ton mari ! » C'est ainsi que se transmettent les héritages érotiques... Cela laisse présager pour toi un avenir audacieux, spermiquement fascinant !

J'écoute la voix oraculeuse de cet énergumène infréquentable depuis ses débuts : pendant la guerre, Yves Salgues fut l'amant passionné de sa propre sœur à seize ans (une robuste pécheresse aux reins accueillants, selon ses dires), puis il devint un FTP courageux du Périgord noir. Son réseau de résistants l'ayant dépêché à Toulouse lors de la Libération pour arrêter un collabo ivre de délation, Salgues fut pris d'un subit coup de foudre pour le notable et, contre toute attente, le sodomisa sur-le-champ au lieu de le coffrer. L'anecdote – totalement incroyable mais véridique – me fut confirmée par trois personnes dignes de foi. Une romance torride et violente se noua alors entre les deux hommes. Salgues rompit avec sa sœur qui en eut le cœur émietté. Et le délateur, sauvé in extremis par sa beauté, embarqua l'incestueux à Paris chez Cocteau : Salgues était lancé. Ce grand détrompé, avide d'inéprouvé, commit alors quelques recueils de poèmes sauvages et précieux (*Bréviaire d'un Gitan*, *Statue de l'amertume*, *L'Esclave aux mains de verre*, publiés chez Seghers) avant de rencontrer le Zubial à la fin des années cinquante. Leur collision fit de la poussière : les deux affranchis se mirent à écrire de concert derrière la vitre sans tain d'un bordel parisien mondain, avec vue directe sur les chambres. Dès lors, lié avec les Jardin, Yves Salgues ne nous quitta plus, aima avec une délicatesse primesautière la première épouse délaissée de mon père (mon frère Emmanuel conservait un excellent souvenir de cet épisode) et offrit par la suite ses assiduités à... la délicate Zouzou tout juste débarquée de son Nord-Pas-de-Calais houilleux. Salgues en connaissait donc un rayon sur mon clan... Il figurait au rang des exégètes crédibles de nos mœurs.

Dérouté, je répète la phrase ahurissante de mon père que ce démon vient de me rapporter avec une gourmandise pateline :

— « Fais-moi ce soir ce que maman faisait autrefois à ton mari »... Il a réellement dit ça à la femme de l'amant de l'Arquebuse ?

— Et Pascal a ajouté avec une dureté que

l'intéressée a semblé apprécier en connaisseuse : « fais-moi mal ! » Magnifique piété filiale, n'est-ce pas ? À ce propos, il faut que je te voie incontinent, mon petit Alexandre… chez Mado.

— Qui ?

— Mado, la tenancière de bordel. Ton père ne t'en a jamais parlé ? Nous trinquerons derrière la vitre sans tain du grand boudoir. Nous aurons ainsi une vue imprenable sur la nature humaine…

Choqué par tout ce que je viens d'entendre, je m'esquive et raccroche. Ce soir-là, traumatisé dans une cabine téléphonique humide de Reims, je me résous à devenir le propagandiste de la fidélité conjugale, l'apôtre d'une certaine candeur. À moi les sentiments cristallins ! Les liaisons périlleuses des miens me paniquent trop. J'étouffe d'être un Jardin… Au diable le remugle de nos élans baroques. Les confidences de Salgues, cet éternel sursitaire mort dix fois, me font soudain tenir en horreur le sang poisseux qui déboule dans mes veines. Quel cœur détraqué bat donc dans ma poitrine ?

Titubant, je quitte la cabine et reviens sur mes pas avec l'espoir de surprendre les retrouvailles de l'Arquebuse dans l'auberge. J'ai besoin de respirer des émotions fraîches. Je m'approche des fenêtres de l'établissement et aperçois derrière la vitre ma grand-mère seule, le cœur broyé, soupant avec ses souvenirs dans la grande salle du restaurant. Aussitôt, j'en conclus que l'amant de 1943 n'est pas venu au rendez-vous. Dépité autant qu'elle, je me sauve. Mauvaise soirée…

Mais le lendemain matin, je reçois l'une des plus grandes leçons de ma vie. L'Arquebuse surgit devant l'auberge à l'heure convenue, ragaillardie, épanouie et rose d'émotion ; comme si la volaille avait été consommée… Elle bondit vers la voiture d'un pas léger et me déclare sans hésiter :

— Cette dernière valse fut une perfection. Jean était à l'heure, beau comme un démon, intact. Le temps n'avait pas passé ! Mon chéri, ne l'oublie jamais : l'âge est une imposture, une mauvaise fable…

Ahuri, je l'écoute me mentir effrontément. L'Arquebuse ignore que je sais sa déconfiture. Elle me décrit ce qui aurait dû se passer si la réalité avait eu du talent. Je reste soufflé. Tout au long du voyage de retour, elle me bobarde avec enthousiasme une soirée féerique et me confirme par là que les romanciers sont supérieurs aux géomètres. Avec un désespoir gai, ma grand-mère me dit ainsi que seule la fiction peut sauver de l'affreuse déception d'être né. Pendant plus d'une heure, elle achève à sa façon de me persuader que la lucidité est un piège. Le bonheur appartient à ceux qui se racontent de succulentes histoires et qui ont la ressource – ou le courage – d'y croire !

Comment pouvais-je échapper au mensonge perfectionné, au baratin élevé au rang d'art, bref au métier de romancier ? Pourtant, j'eus très tôt la révélation de la vérité des couples. Sous ce rapport, ma mère – bien que discrète – fut évidemment mon école ; mais son cas reste trop sidérant pour que je l'évoque si tôt dans ce roman…

La cravache de Monsieur et Madame F.

Pour des raisons hautement morales, l'Arquebuse tenait donc à recevoir chez elle les couples illégitimes. Vilipender l'adultère lui paraissait un manque indéniable de savoir-vivre. Elle regardait toute liaison – érotiquement valable – comme un acte de résistance contre l'affalement contemporain. Les entraves à l'amour, même minimes, la révulsaient. Lorsqu'on sollicitait son avis sur la question du mariage des prêtres catholiques (sujet poivré qui agitait mon oncle Gabriel), elle répondait invariablement avec la dernière indignation : « S'ils s'aiment entre eux, pourquoi s'opposer à leur union ? »

Or il arriva un événement qui m'en apprit plus long sur la folie des couples que toutes les confidences des Jardin. Nous possédions dans nos relations deux êtres fringants, très mariés et lustrés de culture, qui se trompaient l'un l'autre avec constance : leur mariage était une très ancienne habitude. M. F., diplomate patiné par les propos niaiseux d'ambassade, venait chez nous se requinquer en compagnie d'une rousse sévère ; tandis que de son côté Mme F. se consolait de temps à autre – à la Mandragore même – de son rôle d'ambassadrice potiche avec un coquet Mexicain. À chaque fois, l'Arquebuse prêtait au couple désassemblé notre fameux petit *cabanon*, charmante bâtisse érigée à cet effet au bout du jardin. Soucieuse du détail, orfèvre en tromperie, elle réservait au mari et à l'épouse les mêmes draps fleuris, comme pour les réunir symboliquement dans leurs extases séparées.

Naturellement, ces culbutes illégales enchantaient les enfants de la famille. À dix ans, j'escaladais avec mes cousins le toit du cabanon en toute occasion et me postais au bord du Velux qui surplombait la literie. La première fois que j'espionnai M. F., il se déshabilla avec soin, sans manifester de hâte. Puis, déroutant tous nos pronostics, il sortit une paire de menottes (comme dans les séries policières), s'attacha lui-même à la tête de lit et pria – fort courtoisement – la rousse divine de lui administrer de virulents coups de cravache. À mon grand étonnement, je vis soudain le diplomate éprouver une vive et très visible satisfaction… Mes cousins et moi en restâmes ébaubis, comme des cornichons.

Quand vint le tour de Mme F., quelques semaines plus tard, nous étions tous au rendez-vous, juchés sur le toit du cabanon. Se produisit alors un événement tout à fait extraordinaire : Mme F. ôta méthodiquement son tailleur, sortit des liens de cuir et somma le Mexicain de l'attacher au lit ; puis elle lui ordonna de la fouetter à la cravache ! Plus les coups cinglaient sa chair d'ambassadrice plus elle réclamait ces friandises inattendues, avec une insistance qui nous rappela aussitôt… celle de M. F. Mes cousins et moi, en demeurâmes estomaqués.

Comment était-il possible que M. et Mme F. partageassent les mêmes désirs, à l'insu de l'autre ? Que ne se fouettaient-ils en famille ! Ce détour compliqué pour obtenir des béatitudes identiques me fit bien saisir que les couples étaient des machines à ne pas se comprendre et à consommer du rêve. De toute évidence, M. et Mme F. avaient besoin de se raconter une fable adultère ; même si la cravache utilisée était de même facture…

Zouzou m'a dit

De retour à Mougins, je soumets le début de ce récit à Zouzou et la harcèle de vérifications :

— Est-ce que je déraille à chaque chapitre ? Ou ai-je rapporté la vérité ?

— La tienne, très certainement… La réalité, c'est autre chose.

— Il y a un point que je n'arrive pas à éclaircir : comment ces gens – le Zubial, le Nain Jaune et les autres – pouvaient-ils à la fois gagner leur vie, élever des tripotées d'enfants, lire et écrire des livres, inventer des machines, danser avec rage, conseiller les gouvernements et mener des existences d'amant à temps complet ? Alors que moi… je n'ai jamais le temps de rien !

— Les Jardin ne dormaient pas, me répond Zouzou sur le ton de l'évidence. Ou à peine.

— Pardon ?

— Ta grand-mère craignait par-dessus tout de rêver. Elle s'empêchait chaque soir de chuter dans le sommeil en laissant toutes les lampes de sa chambre allumées, tu ne t'en souviens pas ? Et lorsqu'elle s'écroulait, elle conservait les yeux grands ouverts. Je n'ai pas connu d'autre personne capable de roupiller les yeux écarquillés, comme une morte. Ton père, lui, écrivait la nuit ; ce qui lui permettait de consacrer ses journées à aimer ses femmes et surtout la sienne. Tes oncles, eux, se défiaient du travail ; ce qui laisse du temps… Quant au Nain Jaune, il ne siestait que trois ou quatre heures par nuit depuis 1928, date de sa rencontre avec Raoul Dautry, le fondateur de la SNCF.

— Est-il véridique que Jean combla le déficit de l'hôtel Lapérouse pendant des années pour ne pas changer de chambre ?

— Oui… C'est un peu bizarre mais c'est ainsi. Ton grand-père n'aimait pas du tout le changement…

— Mais d'où venait son argent ?

— De lui, il ne possédait pas de puits de pétrole. Ses revenus découlaient de son talent, de son entregent, de ses contrats lorsqu'il vendait des métros aériens, des trains complets, du sucre, des armées prêtes à manœuvrer, des promesses de paix, des troupeaux de vaches en carton bouilli qui donnaient sans qu'on les traie du lait glacé aux Américains, des ascenseurs géants aux allures de coffre-fort, des morceaux de pays…

— Et les valises pleines de billets, elles provenaient d'où ? De lui ?

— Non, d'Ambroise R., un monarque de l'industrie qui collectait les fonds chez ses collègues.

— La droite aussi en a touché ?

— Bien entendu.

— Le Nain Jaune n'a jamais gardé un peu d'argent pour lui ?

— Non, me répond Zouzou sans hésiter.

— Même un peu ?

— S'il avait pris même un peu, ne serait-ce qu'une seule fois, il s'excluait lui-même du jeu qui reposait sur la confiance. Pour continuer à donner, il fallait ne pas prélever. Et puis, il était maladivement honnête… Question de style.

— Et le perroquet de Morand, il est enterré où ?

— Ta question est un peu indiscrète…

— Pourquoi ?

— L'Arquebuse était tenace... elle a eu gain de cause, en laissant au curé de solides étrennes.

— Tu veux dire que...

— Oui, murmure Zouzou mal à l'aise.

— La voix de Morand est enterrée dans le caveau des Jardin ? La réincarnation de son amant se trouverait actuellement... entre Jean et l'Arquebuse ? Entre le mari et la femme ?

— En sandwich je le crains, réplique Zouzou en fermant les yeux. Juste à côté du Zubial...

— Merde alors...

— Tu as également commis une autre faute, à propos de Reims.

— Quoi ? Jean T. est venu quand même ?

— Non, c'est ta grand-mère qui a déboulé chez lui, en pleine nuit, par la fenêtre...

— Mais... elle avait quatre-vingt-deux ans !

— Pour ces choses-là, il n'y a pas d'âge. Mais rassure-toi, la morale est sauve, ils surent se contenir. La femme de Jean n'a donc rien entendu.

L'Arquebuse m'avait donc doublement trompé. Sous le choc, j'en demeurai muet. Pourquoi fallait-il que le mensonge ait toujours été pour les Jardin un ultime recours, un système de survie plus qu'une commodité ? À moins que… À moins que Zouzou ne m'ait *jardiné* sur cet épisode, soucieuse de conserver à l'Arquebuse une légende dorée ? Jean T. seul le sait…

Le vrai faux contrat de Merlin

1993, la sonnerie du téléphone interrompt ma bonne humeur. Je décroche. C'est Karen B., la complice de Merlin qui, comme lui, réunit les plus fraîches qualités de cœur et la plus totale inadaptation à l'univers normal. Avide de sensations fortes, cette avocate ne fraie qu'avec des lascars insolites, paradoxaux ou incompris. Si on lui proposait de purger la terre de tous les prudents, elle signerait les yeux fermés. Ses coups de fil sont le plus souvent une préface à quelque projet funambulesque.

Ce jour-là, elle n'est pas d'humeur à badiner.

Karen m'informe que Merlin – qu'elle aime avec lucidité et démence – est frappé par un cancer de la vessie : depuis des mois, il pisse plus de sang que d'urine. Mais le problème, cette fois, est aggravé par l'attitude du patient : réfractaire à presque tout – à l'idée même du travail, à la médecine orthodoxe, à la ponctualité, aux lois de la gravité, etc. –, le frère aîné du Zubial refuse gaiement de se laisser soigner. D'un naturel de fantassin sous la mitraille, il entend trépasser sans vessie artificielle, intouché par les chirurgiens, méprisant fièrement le cobalt et la pharmacopée ratatinante des oncologues. Karen, d'ordinaire aussi décalée que lui – au sens le plus tonique du terme –, est ce jour-là effrayée. Elle cherche éperdument une solution assez bizarroïde pour déclencher chez ce zèbre un réflexe de survie, afin qu'il daigne se battre.

L'immense originalité de Merlin reste à mes yeux une énigme. Mon oncle habitait si peu sa propre vie que je ne sus jamais quelle était son adresse réelle. Lorsqu'il avait rendez-vous avec un mécène frivole, ses propres enfants, un fakir de renom ou un ecclésiastique en bure, il arrivait généralement en retard de plusieurs heures, non pas le jour même mais parfois la semaine ou le mois suivant… Sa fille et son fils – qu'il vénérait – l'attendent encore. Si Merlin descendait acheter des cigarettes, il pouvait réapparaître trois ans plus tard, les bras chargés de cadeaux mirifiques. Cent personnes à Paris peuvent hélas en témoigner. Lorsqu'il invitait une tablée dans un restaurant parisien chic, avec une prodigalité princière, il ne s'inquiétait jamais de savoir s'il lui restait le moindre billet en poche pour payer l'essence de son retour en Suisse. Ce qui, en général, n'était d'ailleurs pas le cas... Formidablement désintéressé, Merlin tenait la plus légère prévoyance pour de la mesquinerie avérée. Ses projets pharaoniques présentèrent tous le même point commun : la plus absolue inutilité.

Un jour que je rentrai tard de boîte de nuit, à Vevey, je trouvai Merlin accablé de labeur et de consommation tabagique devant un ordinateur en surchauffe. L'œil précis malgré l'heure avancée, il me lança ce soir-là avec détermination :

— Je suis sur le point de boucler le dossier technique !

— Quel dossier ? répondis-je comateux.

— Dès demain, je serai en mesure de vider le lac Léman, comme on vide une baignoire. Les glouglous retentiront jusqu'à Milan... Nous allons bâtir le plus gigantesque siphon artificiel !

— Mais qui, en dehors de toi, souhaite vider le lac Léman ? eus-je la sottise de demander.

Que son dessein n'intéressât aucun commanditaire ne pouvait pas l'effleurer ; cette fois-là comme toutes les autres. Alors, fatalement, son destin fut l'occasion d'un ratage irréprochable, une sorte de cas d'école unique dans les annales de l'Europe. D'ordinaire, les vaincus sont plus ou moins malchanceux ; lui entendait maîtriser le hasard, ne pas se laisser la plus petite occasion de succès en quoi que ce fût. Il y mit, il faut le reconnaître, une virtuosité débridée. Créateur de la fameuse *Sicav chrétienne* qui devait révolutionner le monde des années soixante, il faillit réussir (malgré lui) à faire sauter la place financière de Zurich. Cependant, l'animal dut se contenter d'un exploit plus modeste : il pulvérisa en une demi-heure la fortune séculaire de sa belle-famille. À plusieurs reprises, il était parvenu à fabriquer d'étonnants robots humanoïdes (sur lesquels nous reviendrons) ; mais seul l'intérêt que lui porta le producteur de cinéma Christian Fechner – mordu de magie – permit à Merlin de concevoir des appareils d'illusionnistes aboutis. Stupéfiante, sa technologie de farceur les propulsa au rang de champions du monde de magie. Cependant, Fechner dut se battre, in extremis, pour empêcher mon oncle de faire dysfonctionner ses machines ! L'idée de triompher l'angoissait. Hormis cet accroc dans sa quête obstinée de fiascos, Merlin parvint haut la main à tout louper avec superbe : sa vocation mystique, une carrière mondaine esquissée, ses multiples expérimentations sexuelles, ses acrobaties financières, ses essais sportifs en montgolfière, ses amours variées. Il manqua même son divorce, d'une façon très merlinesque. En chemin vers le tribunal de Paris, le rêveur s'était attardé sur le Pont-Neuf pour étudier les tourbillons que formait la Seine en crue : leur caractère aléatoire l'intriguait. Soudainement épris d'hydraulique, Merlin avait passé l'après-midi à la verticale du fleuve et avait négligé d'assister à l'audience ; du coup, il ne fut jamais vraiment convaincu d'avoir mis un terme légal à son mariage. Mais cet ange était-il au courant de sa propre naissance ?

Cependant, la perspective de la mort de Merlin, elle, était bien réelle et me révoltait. Cet homme avait tout raté, sauf la tendresse : côté cœur, il avait du génie. Depuis la mort du Zubial, son frère aîné était le Jardin qui me rappelait le mieux mon père : même générosité homérique, même gaieté tragique, même talent pour jazzer le quotidien. Et puis, le suicide d'Emmanuel, mon grand frère, m'avait rendu définitivement allergique aux obsèques. Avec Karen, au téléphone, je m'interroge donc sur le stratagème à ourdir pour que cet homme insaisissable accepte de se laisser palper puis traiter par un médecin.

Soudain, une certitude me traverse l'esprit :

— Un Jardin, ça se soigne en écrivant un livre.

— Un roman ? répond son amie.

— Bien sûr…

Mes idées de scénariste s'enchaînent. Je suggère à Karen de faire signer à Merlin un contrat d'apparence réelle avec les éditions Flammarion. La maison de la rue Racine se trouvait alors sous la direction aventureuse de Françoise Verny, mon ex-éditrice et à jamais amie. Il m'apparaît indispensable, avant toute chose, que Merlin ait enfin entre les mains un projet qui donne du sens à son existence et que, pour la première fois, ce marginal expérimente l'émotion de gagner soi-même de l'argent. À plus de soixante ans, mon oncle Jardin doit de toute urgence rencontrer le réel en rédigeant une fiction.

— Mais pourquoi Verny accepterait-elle de signer un contrat avec Merlin ? s'interroge Karen.

Exalté, je bricole une réponse :

— D'abord parce qu'elle a assez de cœur pour nous suivre. Et puis je vais faire moi-même un chèque à Flammarion qui reversera cette somme à Merlin lors de la signature, pour que l'affaire ait l'air régulière.

— Et si Merlin se rendait compte de cette mascarade ? objecte Karen en frémissant. Là, on le tuerait en l'humiliant ! Et puis, ne serait-ce pas pour lui le moment de sortir de ses rêves, plutôt que d'y rester ?

— Ce n'est certainement pas aujourd'hui que l'on va le guérir d'être lui !

Soutenu moralement par Karen, j'appelle Françoise Verny et lui expose ma stratégie prophylactique. Un instant déroutée, cette dernière me fait part d'éventuelles difficultés comptables : il n'est pas normal que moi, auteur, je fasse un chèque rondelet à Flammarion…

— Françoise, c'est une question de vie ou de mort !

— Tu as raison. Excuse-moi, chéri.

Touchée par notre démarche médico-bizarre,

Verny donne son accord et accepte volontiers de jouer la comédie. Cette situation correspond à sa nature hors série. Un seul point la tracasse : si Merlin venait à livrer un manuscrit, quelle attitude devrait-elle adopter pour ne pas torpiller notre plan curatif ? Je lui assure que mon oncle, ingénieur autodidacte, n'a jamais écrit une ligne de prose de sa vie. Elle n'a donc aucun souci à se faire : nul ouvrage ne naîtra jamais de ce vaudeville tragique.

Rendez-vous est pris chez Flammarion, à qui je verse le montant de notre vrai faux contrat. En coulisses, je surveille la manœuvre avec Karen. Quelques heures avant l'entrevue décisive, brusquement saisie d'inquiétude, Verny m'appelle au secours :

— Chéri… ton oncle, je lui dis quoi exactement ? Qu'est-ce qui peut justifier que je lui propose soudain un contrat et un à-valoir ? Il ne va pas trouver cela étrange ?

— Merlin n'a jamais rien trouvé étrange depuis qu'il est né. Tu lui dis en toute simplicité qu'il est Jules Verne, que tu en as le pressentiment.

— Le pressentiment… répète Verny perplexe. Sans préambule, je lui dis comme ça qu'il est Jules Verne. Tu es sûr de ton coup ?

— Tu y vas carrément, et tu signes. Le chéquot rendra tout ça crédible.

À l'issue de l'entrevue, Françoise me rappelle :

— Chéri, tout s'est bien passé. Ton oncle n'y a vu que du feu. Je lui ai même confié que j'avais rêvé que Jules Verne sortait de sa tombe pour l'embrasser.

— Très bon…

— Ton oncle m'a seulement demandé que cette histoire de contrat reste entre nous. Il préférait que je ne t'en parle pas ! Si avec tout ça il ne guérit pas…

Dopé par son nouveau statut d'auteur sous contrat, Merlin décide alors de se laisser traiter ; mais en authentique Jardin il se tourne vers une thérapeutique des plus particulières. Dédaignant la cancérologie pour citoyen ordinaire, Merlin décide de ne plus se nourrir que de pulpe de raisin et de pépins concassés, mêlés à de la bave de chauve-souris. Un thérapeute aux allures de mage lui a vivement recommandé ce traitement de choc. Sans doute ne me croyez-vous pas ; mais le fait est pourtant véridique : c'est ainsi que ce poète tenta de sauver sa peau.

Contre toute attente, ce traitement eut quelque effet : la médication farfelue était sans doute adaptée au patient. Dopé au raisin, Merlin cessa peu à peu d'uriner du sang. Tout semblait aller pour le mieux, ou du moins pour le moindre pire ; quand, cinq mois plus tard, je reçus un coup de fil de Françoise Verny affolée :

— Chéri, cette histoire vire à la folie !

— Quoi ?

— Tu m'avais juré qu'il n'y aurait jamais de manuscrit !

— Et alors ?

— Ton oncle a livré son roman.

— Il est bon ?

— Ce n'est pas la question, il pèse... quatre mille pages !

— Quatre mille ?

— En plus, cet ostrogoth écrit à l'envers. Tu aurais pu me dire que ton oncle était gaucher-miroir ! C'est bien la première fois que j'en croise un... Il faut que je me munisse d'une petite glace de poche pour remettre son écriture à l'endroit.

— Et alors, remis dans le bon sens, le texte devient bon ?

— Ça tient du manuel du Castor Junior, du polar d'espionnage, du traité obscur de philosophie, du… C'est merlinesque ! soupire-t-elle désemparée.

— Tu ne peux pas couper dans le vif ?

— Chéri, on n'allège pas quatre mille pages écrites à l'envers, on les oublie. Alors maintenant que tu m'as foutue là-dedans, qu'est-ce que je fais ?

Décontenancé, je lui suggère de demeurer évasive avec Merlin et déclare qu'il me faut un bref délai pour mitonner une issue. Comment pouvais-je imaginer que sommeillait chez mon oncle un plumitif frénétique ? La pendaison de cet archange équipé d'ailes à la Léonard de Vinci, quelques semaines plus tard, régla définitivement le problème. Les quatre mille pages inversées restèrent son ultime crise de démence.

D'où vient la constante extravagance des miens ? Et d'où vient leur incapacité atavique à entrer dans les formats d'une époque ou à écrire à l'endroit ? Ou encore à respecter l'orthographe française (le Zubial, tôt déscolarisé, écrivit quasiment en phonétique les dialogues de ses cinquante premiers films). Parfois, il me semble que nos pratiques furent comme désynchronisées, en rupture joyeuse ou pathétique avec les règles et les usages. Au-delà des drames que ce penchant ne cessa de provoquer, je reste nostalgique de cette manière récréative de vivre, de faire crépiter les instants, de tonitruer pour couvrir le flonflon du quotidien. Devenir normal ? Une déchéance…

Le ver solitaire de Zouzou

J'ai autour de vingt-cinq ans. À Vevey, la faune locale s'inquiète : Zouzou maigrit depuis quelques semaines, alors qu'elle siffle des plâtrées de mangeailles roboratives. Sa beauté racée fond. L'Arquebuse consent à consulter le Dr G., l'un des rares médecins qui ait apprivoisé les Jardin. Ce gastro-entérologue inspiré nous voue un culte lié à notre particularité organique : en effet, la plupart des Jardin possèdent une double rate, d'où une propension certaine au rire, prétend-il. Son humanité réjouie, ses palpations molièresques et surtout son verbe outrancier, voire élégiaque, à propos de nos glouglous et de la couleur de notre caca nous ont séduits.

À l'heure dite, le Dr G., ses poires à lavement et son sourire d'enfant font irruption. Il examine Zouzou qui gît sur un canapé dans le vaste salon de la Mandragore, revêtue d'un pyjama chinois. Conformément à nos habitudes (pour les cas graves), la visite a lieu en présence de notre clan au grand complet : oncles, maîtresses pimpantes, ex-ravagées, frères, cousines rêveuses, le Zubial en visite, hommes politiques décontenancés, amants impromptus, moine familier, chiens dyslexiques à force de nous fréquenter. Chez les double-rate, la médecine est avant tout un spectacle et, subsidiairement, une occasion de guérison. La scène, très ritualisée, a quelque chose de Versailles, un parfum de XVIIe siècle. On ne lit pas dans les urines mais c'est la reine mère, l'Arquebuse, qui répond au médecin en lieu et place de l'ancienne favorite du défunt roi (qui n'est pas encore admise dans le lit du Dauphin) :

— Mon bon docteur G., nous avons beaucoup souffert depuis quelque temps. Nos humeurs et notre ventre se trouvent comme brouillés et nous n'allons plus guère à la selle…

— Vous ? s'étonne le toubib.

— Non pas moi, Zouzou. Enfin *nous*, ce qui revient au même. Veuillez pratiquer la palpation des chairs, ordonne ma grand-mère.

— Mon diagnostic est formel, madame Jardin, réplique le vrai médecin. L'estomac de Zouzou abrite un vigoureux ténia, en latin *taenia*, parasite de l'ordre des cyclophyllidae, appelé plus couramment ver solitaire. De là son amaigrissement : la bête froide et visqueuse, longue de plus de sept mètres, digère une partie de votre cuisine, madame Jardin.

— De ma cuisine ?

— Oui.

— Zouzou doit donc s'alimenter pour deux.

— Pour deux, vous dites ? reprend ma grand-mère l'œil allumé.

— En effet.

Alors, soudain, l'Arquebuse avance une hypothèse qui prend tout le monde de court :

— Vous voulez dire, mon bon G., que si le ver solitaire de Zouzou déménageait dans mon propre ventre, je pourrais gober hâtivement d'épaisses tranches de viande sans aggraver mon embonpoint ? Et des gâteaux ?

— En quelque sorte, mais…

— Il n'y a pas de mais qui tienne, coupe-t-elle avec autorité. Je vous ordonne de pratiquer le transfert du ténia dans les règles de l'art.

— Le transfert ? s'étonne l'humaniste.

— Implantez la bête dans mes intestins.

L'assistance demeure saisie. Dérouté par la requête, le médecin suisse tente d'obtenir quelques éclaircissements en faisant sonner son accent :

— Je ne comprends pas bien, madame Jardin... La petite bébête doit certes périr mais de là à envisager un... un déménagement définitif.

— Il le faut pourtant mon cher docteur. Je n'ai pas l'intention de suivre les régimes barbares que vous prétendez m'infliger ! La solution est là, inespérée, en la personne de cet aimable ténia qui restera ainsi dans la famille.

— Dans la famille... reprend l'Helvète qui se demande soudain si l'on se paye sa tête.

— Ce ténia n'est pas d'origine douteuse puisqu'il nous vient des entrailles de Zouzou. J'accepte donc de l'adopter, conclut l'Arquebuse. Si Zouzou consent à me le prêter...

— D'accord, mais vite ! murmure l'intéressée prête à tout pour évacuer la bête gluante.

Se ressaisissant, le toubib prie alors l'assistance perplexe de se retirer. De quelle nature fut l'échange qui opposa le gastro-entérologue et ma grand-mère autocrate ? Je ne sais. Derrière les portes du salon, on entendit des éclats, des fragments d'imprécations, quelques menaces tirées à bout portant. Mais huit jours plus tard Zouzou était débarrassée de son ver solitaire et la tripaille de l'Arquebuse accueillit le ténia, un robuste spécimen qu'elle baptisa Zoé, en hommage à un fox-terrier récemment décédé que nous avions tenu en haute estime. Le cas reste sans doute unique dans les annales de la médecine vaudoise (l'illégalité de cette pratique m'oblige d'ailleurs à dissimuler l'identité véritable du Dr G., toujours en exercice) ; mais ma grand-mère vécut par la suite sept belles années en la compagnie de cette bête qui était passée sans encombre du ventre de la maîtresse du Nain Jaune à celui de son épouse légitime. Pour la plus grande joie du Zubial… Les Jardin purent ainsi s'enorgueillir de posséder des animaux de compagnie vivant à l'air libre – nos affreux chiens – et un autre, plus longiligne, qui se dandinait à l'intérieur du corps de notre grand-mère : notre vorace ténia anaérobie.

Pendant plus de sept ans, l'Arquebuse eut ainsi le loisir de s'empiffrer sans étouffer son cœur de cholestérol, avec la bénédiction de la Faculté. À table, elle prit l'habitude de se servir deux fois : *pour elle* avant tout le monde, en se moquant bien de froisser l'assistance, puis après que le plat eut fait le tour des invités, elle ripaillait à nouveau *pour Zoé.* Elle cessa définitivement d'employer la première personne du singulier et en vint à ne plus dire que *nous* dans la vie courante. Son amour fusionnel pour le ténia de Zouzou avait dissous son *je*. Quand on interrogeait ma grand-mère au cours d'un repas pour savoir si elle reprendrait un peu de bœuf strogonoff, elle répondait invariablement : « Nous avons encore un petit creux, nous ne sommes pas rassasiées, nous ferons la sieste ultérieurement. »

Hélas, les ennuis gastriques de l'Arquebuse – qui forçait sur les lavements à la moindre contrariété – imposèrent la mise à mort de Zoé sept années plus tard. Le jour de l'exécution (par empoisonnement) représenta pour mon aïeule une épreuve indigeste, si j'ose dire, presque plus cruelle que le décès de Paul, le cacatoès de Morand. L'Arquebuse avala la potion fatale en étouffant une marée de sanglots. Puis, après qu'elle eut expulsé le cadavre de Zoé dans un pot de chambre, la mise en terre solennelle eut lieu au fond du jardin, parmi les végétaux comestibles. On planta une croix. En tant qu'ex-logeuse du ténia, Zouzou prononça quelques mots touchants. Mon oncle Gabriel déplora que l'on traitât ce ver solitaire comme un sujet doté d'une âme. À l'issue de ces obsèques improvisées, l'Arquebuse essuya une larme et me confia la voix brisée, en me serrant le bras :

— Je me sens soudain si seule…

Son *je* était réapparu.

Aujourd'hui encore, je ne comprends toujours pas comment ces gens d'apparence à peu près normale pouvaient croire en leurs lubies avec autant de sérieux. À la Mandragore, tout se passait comme si notre vie imaginaire avait eu autant de poids, sinon plus, que notre sort réel. Les double-rate ne plaisantaient qu'au sujet des futilités humaines (le financement des partis politiques, les affaires d'espionnage, etc.) ; jamais à propos des bêtes.

Hélas, notre zoologie familiale ne s'arrêta pas à ce ténia. Ma mère… Mais non, il est encore trop tôt pour convoquer le souvenir de la jeune femme qu'elle osa être.

La guenon de Salgues

1991, je jubile. Mon troisième roman, intitulé *Fanfan*, yoyote dans les listes des meilleures ventes ; mais la joie qui m'étourdit vient d'un autre ouvrage publié sous un faux nom à Londres, presque le même jour. J'ai en effet commis cette année-là un polar particulièrement malsain dans lequel j'ai jeté toutes les émotions crasseuses que je me sais incapable d'assumer en public : une sorte d'anti-*Fanfan*, romance tonique qui exalte les beaux sentiments. Ce texte inavouable – véritable égout littéraire – a été rejeté violemment par Françoise Verny, mon éditrice de l'époque. Ivre (donc lucide), elle a tenté de m'expliquer qu'un auteur fêté (donc de gros rapport) ne peut se permettre d'éclabousser ses lecteurs de ses incohérences : une œuvre en formation se doit de présenter une apparence d'homogénéité, ce qu'il est de bon ton d'appeler *une petite musique*. Dépité – toute prévisibilité m'apparaît déjà comme le début du gâtisme – j'ai cédé et accepté de peaufiner *Fanfan*, l'autre versant de ma sincérité. Mais, comme possédé par ma part obscure, j'ai également fait traduire en douce l'immonde polar. Diligent, mon agent et complice François Samuelson a discrètement contacté un éditeur anglophone. Il m'a également procuré un homme lige qui accepte, moyennant rémunération, de passer à Londres pour l'auteur de ce récit ignominieux qui jette de l'odieux sur toutes les vertus humaines. Il s'agit d'un journaliste britannique de renom qui passe pour l'une des plus fines plumes du *Guardian*, le grand quotidien travailliste. L'individu vénal – j'ai dû lui abandonner la quasi-totalité de mes droits d'auteur – présente une tournure subalterne et vicieuse, un chic désuet et quelque chose de cuistre dans toute l'apparence, qui me paraît coller avec ce texte arrogant, leste et effronté.

Mon idée est d'exporter derrières les brumes de la mer du Nord mes plus affreuses pensées. Or, contre toute attente, le succès est au rendez-vous pour ce bouquin délétère, voire irrespirable ! Mes deux visages semblent réjouir des publics différents, de part et d'autre de la Manche ; et je ricane en lisant les critiques parisiens qui criblent mon délicat *Fanfan* de quolibets, horripilés qu'ils sont par mon romantisme revendiqué. À tombereaux ouverts, les gardiens du temple ferraillent, on me traite avec dédain d'écrivaillon fleur bleue, d'amoureux désuet… Pas un de ces justiciers ne peut deviner que – comme le Nain Jaune – je suis également ambidextre… Un double-rate ne saurait écrire d'une seule encre !

Naturellement, personne parmi mes proches n'est au courant de cette supercherie jouissive, sauf F. Samuelson bien sûr et… Yves Salgues. Cet amateur de transgressions et de sensations fortes ne peut me juger, lui. Je le sais depuis l'été de mes dix ans. En 1975, ce fêlé m'avait fait venir un après-midi sur le toit de la Mandragore – doté d'une curieuse pièce circulaire que nous appelions *le kikajon* – et m'avait prié de jeter un œil dans la lunette d'un fusil de précision qu'il avait fixé sur un trépied. Je m'étais penché et avais alors vu, grossi comme derrière une loupe, un couple d'amants qui se la coulaient douce à bord d'une barque, à une centaine de mètres du rivage. Ces gens avaient l'air heureux de flotter sur le Léman, aux côtés des bateaux à aube de ligne qui, à intervalles réguliers, sillonnent le lac comme des tramways aquatiques.

— Si tu tirais, Alexandre, m'avait chuchoté Salgues avec ferveur, ce serait le crime de l'innocence…

— Ça veut dire quoi *le crime de l'innocence* ?

— Appuie sur la gâchette, là, et ces deux-là ne connaîtront jamais la déchéance de leur romance, les puanteurs d'un divorce haineux… N'aie pas peur, petit, personne n'en saura rien. Tire pour épargner ce couple ! Soulage-les… *Fais le bien*, tire !

Saisi d'une franche panique, je n'avais pas osé faire feu et m'étais réfugié dans les jupes de Zouzou qui m'avait préparé un solide goûter : du chocolat râpé sur d'épaisses tartines au beurre salé. Mais il m'était resté dans l'esprit que Salgues était le type d'homme, avant-garde de la crasse morale, à qui l'on pouvait confier n'importe quelle noirceur. Ses yeux luisants surtout s'étaient enfoncés dans mon souvenir : un regard d'ange déchu qui scrute le vice latent chez son interlocuteur. Je lui expédie donc le manuscrit de mon faux roman anglais.

Deux jours plus tard, ce Méphisto cocaïné me rappelle et, pour la première fois, m'invite à passer chez lui entre deux narco-comas. À l'heure dite, je foule le seuil de son appartement de la porte de Saint-Cloud et sonne. Vêtu d'une robe de chambre élimée, l'œil traînard et le cheveu rare, le solitaire m'ouvre. Quelque chose de Rimbaud flotte dans ses pupilles dilatées.

Fort civilement, Salgues me prie de pénétrer dans son antre. Je reste alors sans voix : les murs du couloir de son domicile sont doublés de piles de journaux pornographiques qui s'élancent vers le ciel jusqu'à former des ogives… Le lieu est à peine pensable. Effaré, je me faufile au milieu de cette cathédrale de papier dédiée au sexe ou plutôt à toutes les sexualités. Une fenêtre occultée par des photos explicites s'affiche comme un vitrail à la gloire de la zoophilie équestre. S'agglomèrent et se cristallisent dans le corridor de Salgues tous les coïts d'Europe, toutes les perversions empilées en de fragiles verticales. Il doit y avoir dans ce canyon abject, fort peu ventilé, autant de magazines classés X – les plus décents – que de billets de banque dans les valises en cuir du Nain Jaune...

Le maître des lieux, suant d'héroïne, me tend une chaise et me tient à peu près ce langage, d'une voix d'insomniaque :

— Alexandre, j'ai bien lu et relu ton texte ténébreux. Cette prose luciférienne, au sens le plus rafraîchissant du terme, m'a convaincu que tu devais me succéder.

— Te succéder ? Mais à quoi ?

— Tu l'ignores peut-être, mais j'écris seul depuis quinze ans le principal magazine français de confessions érotiques. La rédaction entière d'*U.*, c'est moi. Je fais tout : les prétendues lettres des lecteurs ET les réponses du sexologue de service, ce qui reste plus savoureux. Or je me fais vieux, il me faut un héritier spirituel, un forçat du stylo capable de conseiller la population, si routinière dans ses pratiques...

— Tu fais *tout ?*

— Tout : les confessions bouleversantes, les recommandations sans appel de la sexologie moderne, les titres et les chapeaux compris. Parfois, il m'arrive même de m'applaudir...

— Et tu voudrais que moi, l'auteur de *Fanfan* et du *Zèbre*, je te succède ?

— Oui, car il faut beaucoup d'imagination pour écrire des milliers de lettres de témoignage sincère… C'est un défi littéraire majeur, balzacien, de la même carrure que la *Comédie humaine* ! Et les jeunes écrivains n'ont que très peu d'invention et si peu d'ambition…

— Je me demande ce qu'en penseraient les lectrices de *Fanfan*…

— Imagine des millions de citoyens français se masturbant sur tes fantasmes ! s'exclame-t-il soudain en faisant résonner son timbre caverneux. Des litres, que dis-je, des hectolitres de sperme se répandant partout sur le territoire national ! Et toi, suscitant ce flot spermique, maîtrisant cette marée séminale tricolore !

— À vrai dire, Yves, je ne voyais pas ma vie sous cet angle… ce patriotisme-là ne me concerne pas.

— Tu as tort Alexandre, tu es fait pour le journalisme sexuel.

Excipant de sa qualité de soutier de la presse pornographique, il m'ordonne de réorienter ma carrière. Soudain, un cri de bête interrompt notre échange, un hurlement qui ne ressemble à celui d'aucun être qui me soit familier. J'interroge Salgues. Gêné, le prosateur malsain soupire et finit par me conduire dans sa chambre où je découvre… une guenon alitée et mal en point.

— Elle est en manque, la pauvre petite…

— En manque de quoi ?

— D'héroïne. Je la pique généreusement. Fréquenter la substance en solitaire me déprime… hein ma Zaza ?

— Zaza ?

— Zaza et moi vivons maritalement depuis cinq ans, mais ne le dis à personne… Les gens sont si médisants !

— Tu te tapes… une guenon ? Pour de vrai ?

— Ne parle pas mal de Zaza, ça me fend le cœur… Je ne me *tape* pas une guenon, je me dédommage du sérieux de notre époque en aimant un être rare et velu. Elle est si sensible… brave enfant ! Et puis dois-je te l'avouer ? Je n'aime que pour me venger. Mes éjaculations sont presque toujours des agressions. Alors autant épargner un homme ou une femme et me tourner vers une adorable primate ! Question d'humanité…

Horrifié, je recule. Et dire qu'*U.*, le principal magazine épistolo-porno, est intégralement rédigé par un polygraphe qui couche avec une dame singe ! Je ne devinais chez Salgues aucune ingénuité érotique ; mais de là à vivre *maritalement* avec une femelle chimpanzé héroïnomane de surcroît. Ce sensuel qui méprise la chair – comme Baudelaire – n'est même pas bi, au sens classique du mot (si j'ose dire) : Salgues est *sexuellement omnivore.* Hommes politiques, guenons sexy, vieillardes hospitalières, femmes de chambre négligées, tous les mammifères et sans doute quelques invertébrés durent y passer… Ce fou a une gueule à se faire une huître. Saisi d'un haut-le-cœur, je bredouille quelques formules de politesse et bats en retraite en refusant net l'héritage salguien. Ce jardinophile saturé de pavot, défasciné de tout sauf de sexualité, me glace le sang.

Dans la rue, je suis alors secoué de frissons puis de vomissements. Et soudain, je décide que mon roman anglais ne paraîtra jamais en France dans sa version originale. Je ne veux plus rapatrier ma part sombre. Que ce texte maudit voyage loin de mon pays, à l'écart de ma langue natale ! Il y a dans mon âme un chant pur, personne ne le tuera ; pas même moi. Je resterai le romancier opiniâtre de la sentimentalité solaire, celui des tocades étourdissantes, des récits expurgés de tout vice, pas le plagiaire de Valmont ni un épigone du marquis fouetteur. Au diable mon double visage !

Zaza rivale de Zouzou

Le lendemain de ma rencontre avec Zaza, je téléphone à l'Arquebuse pour lui faire part de ma panique :

— Allô ? Sais-tu qui partage le lit d'Yves Salgues ?

— Oui… mais je me suis toujours opposée à ce que ce malappris s'invite à la maison avec Zaza. Nous avons des principes, tout de même ! Les couples illégitimes, oui ; mais les singes, non ! Je répugne à cautionner cette mésalliance. Les femmes passent malgré tout d'abord ! Cette façon de nous négliger a quelque chose de choquant, n'est-ce pas ?

Soulagé qu'il subsiste un semblant d'ordre moral chez les double-rate, je respire. Mais quelques mois plus tard, l'Arquebuse me rappelle et reprend le cours de cette conversation sur un tout autre ton :

— J'ai vu un film admirable avec Charlotte Rampling : *Max, mon amour.* Cette femme énigmatique y tombe amoureuse d'un… chimpanzé. Troublant récit, ô combien bouleversant… Tu devrais visionner cette œuvre forte.

— Où veux-tu en venir ?

— Il me semble que nous pourrions recevoir décemment Salgues et Zaza à la Mandragore. N'avons-nous pas été grossiers avec eux ? Ce film m'a fait changer d'avis, vois-tu.

— Je vois.

— Après tout, ne descendons-nous pas du singe ?

— Oui, mais de là à regrimper sur une guenon…

— Ne parle pas comme cela de nos cousins, assez proches finalement. Je voulais t'avertir car Salgues et Zaza seront à la maison en même temps que toi, en février. Cela ne te dérange pas ? Mais rassure-toi, ils n'occuperont pas ta chambre. Je les mettrai au deuxième étage.

— Tu plaisantes ?

— Va voir ce film avec Rampling…

Aux vacances de février, je rapplique à Vevey

sans rien révéler à mes proches. Comment et à qui expliquer que ma grand-mère se donne le droit de recevoir un couple pareil ? Comme toujours, je crains que la réalité de ma famille ne s'ébruite. Grâce à Dieu, cette trouille héritée de l'enfance a fini par se diluer !

Dès mon arrivée à la Mandragore, je perçois une tension palpable. Zouzou est en grand pétard : elle vient de refuser de préparer la chambre de Salgues et de Zaza, juste au-dessus de la sienne. L'Arquebuse souhaitait leur réserver des draps de dentelle faits main, du linge de jeunes mariés. On attend le couple quasi officiel qui devrait faire irruption dans la soirée. Furibarde, l'ex-amante du Nain Jaune me prend à part :

— Ta grand-mère dépasse les bornes. Ce n'est pas admissible !

— Tu as vu le film avec Rampling ?

— Les films, c'est du cinéma. La vie, c'est autre chose.

— Tu crois vraiment ?

— Parfaitement. Rampling ou pas, je ne préparerai pas de dîner pour cette guenon !

À la nuit tombée, on sonne à la grande porte. L'éternel convalescent efflanqué, toujours en retard d'une cure de désintoxication, surgit dans l'entrée. Salgues est radieux ce soir-là au bras de Zaza. Zouzou les aperçoit et pousse un hululement qui retentit encore dans ma mémoire. Livide, elle disparaît sans même leur adresser un bonjour. En flagorneur de métier, Salgues flatte aussitôt l'Arquebuse sur un ton d'homme d'Église, lui assure qu'elle est fraîche comme une fleur de courgette et lui offre un bouquet de radis. Il connaît bien les goûts de ma grand-mère. Curieusement attifée en fermière de luxe (façon Marie-Antoinette), Zaza fait alors son entrée dans la maison des Jardin, cajolée par un Salgues très épris. L'homme qui règne sur les branlettes tricolores (via sa revue de fausses lettres) n'est qu'attentions pour sa guenon, caresses et câlineries. La scène, touchante à bien des égards, me paraît à la fois burlesque et terrifiante.

Toujours hors d'elle, Zouzou avertit alors les Jardin qu'elle ne passera pas à table si Zaza doit partager notre repas. Nous nous privons de sa présence et ripaillons aussitôt autour de la femelle chimpanzé qui escalade sa chaise. Mais Zouzou surgit au dessert et, contre toute attente, gifle Salgues. Rubiconde de colère, elle décampe sans explication. Nous restons tous stupéfaits.

Salgues prend alors la parole et, la joue en feu, déclare avec émotion :

— Je croyais que ma petite Zouzou avait tourné la page... Nous nous sommes tant aimés ! Mais c'était il y a si longtemps... Nos cœurs débutaient.

Comment décrire le sentiment vertigineux qui me traversa ? La situation était à peine croyable. J'avais ignoré jusqu'à ce jour que Salgues, jadis diablement séduisant, avait profané les vingt ans de Zouzou. Mais qu'elle eût soudain regardé cette guenon comme une rivale (qui l'avait supplantée dans le cœur d'Yves) ébranlait toutes mes conceptions. Cette crise de jalousie ne relevait-elle pas d'une folie douce ?

Aussi loin que remontent mes premiers souvenirs, de telles scènes inimaginables – et pour tout dire hors morale – surgissent et se télescopent.

Le képi de Couve de Murville

1977, j'ai douze ans. La princesse centenaire qui s'agrippe à la vie au rez-de-chaussée de la Mandragore a finalement lâché prise. Son cercueil, laqué de blanc et frappé aux armes des Hohenzollern, a été évacué selon un rituel impérial grandiose, porté sur des canons halés par des chevaux viennois en deuil. La mise en scène digne du cirque Gruss, étalée juste sous nos fenêtres, m'a beaucoup plu. Les Jardin viennent de racheter ses appartements et jouissent désormais de la terrasse qui surplombe la plaine liquide du Léman. L'Arquebuse y donne, les soirs d'été, d'étourdissants *dîners de tête* ; entendez par là que ses convives se trouvent sommés de se grimer le visage et de se coiffer selon le thème de leur choix.

Mes cousins, mes frères et moi raffolons de ce

jeu dînatoire. Le Zubial également : il se déguise à chaque fois en ma mère (même maquillage, chevelure à l'identique), femme qu'il vénère et trompe abondamment. Mais ce jour-là, nous comptons un trouble-fête parmi nous : Maurice Couve de Murville, pesant ami de la famille, ex-Premier ministre du général de Gaulle et vivant abrégé de la morale calviniste. Au moment de passer à table pour faire honneur à quelques écrevisses flambées, ma grand-mère s'étonne que Couve – qui restera certainement dans l'Histoire comme l'un des hommes les moins drôles d'Europe – ne se soit pas déguisé :

— Maurice, faites un effort…

— Simone, je ne me sens pas le cœur à vous obéir, réplique-t-il courtoisement.

Contrariée, l'Arquebuse me prie d'aller chiner dans la salle du billard un déguisement pour l'échassier gaulliste. Amusé, je me rends aussitôt au sous-sol et dégote un vieux képi avec lequel, gamin, je jouais au légionnaire amoureux. Je le rapporte à ma grand-mère qui le visse brusquement sur la chevelure drue de Couve de Murville en déclarant avec bonne humeur :

— Ce soir, on vous appellera *mon général* !

— Je vous ai compris ! ajoute le Zubial en

parodiant la voix de ma mère. Me comprendrez-vous ?

L'ex-Premier ministre du Général se crispe alors avec une gêne prodigieuse, comme si mon père venait de proférer un blasphème. Désemparé d'être la proie d'une émotion aussi vive, Couve blêmit et sue à grosses gouttes. Tout signe de sensibilité nuisait à ses yeux à ce qu'une personne de qualité se doit à elle-même ; mais cette fois, il ne peut échapper à l'émoi qui le domine. Lui, fidèle grognard du général de Gaulle, comment peut-il accepter de souper déguisé en son dieu au milieu de cette bande d'inconséquents ? Affolé, Couve tente maladroitement d'ôter le képi ; mais le Zubial le remet en place d'un geste impérieux en s'exclamant :

— Mon général, ce képi vous va à ravir !

L'homme d'État s'efforce de sourire puis, accablé, cesse tout à coup de lutter : il encaisse sans broncher les *mon général* qui fusent sur lui. Peu à peu, grisé par l'atmosphère bon enfant, Couve consent à entrer dans notre amusement et même à s'esclaffer de cette mascarade à laquelle en tout autre lieu il ne se serait sans nul doute jamais prêté. La présence des double-rate aurait rendu ivre un verre de cognac ! Une heure plus tard, Maurice Couve de Murville se risque même à imiter l'homme du 18 Juin en osant une brève tirade gaullienne carnavalesque. Fasciné, le Zubial prend des notes ; il replacera ce texte dans une comédie tournée à la va-vite. Pour la première fois de sa carrière, ce diplomate infatué et sinistre déclenche un phénoménal fou rire. À la Mandragore, n'importe quoi pouvait survenir.

J'avais douze ans ; mais cette nuit-là je sentis très bien l'anormalité de la conduite de cet homme habituellement si digne et comme rongé de réserve. Qu'importe ! L'essentiel était qu'un vrai Premier ministre – tenant le guidon de l'État quelques années plus tôt – me montre qu'il était possible de singer de Gaulle, de rire de la grandeur réelle. N'était-ce pas la preuve que les jeux des grandes personnes n'étaient que comédie ? Mon père avait raison…

Zouzou m'a dit

Retour à Mougins en 2004, à la normalité. Zouzou m'accueille dans sa maison – qui conserve aujourd'hui encore des airs d'ambassade Jardin. Elle répond sans biaiser à mes questions, avec une absence complète de jugement moral qui cherche toujours à s'environner de gentillesse. Tourmenté par l'authenticité de ce récit – depuis toujours, je traque la réalité de mon passé –, je m'assieds en face d'elle en buvant une excellente décoction d'écorce de sureau (un arbre succulent, trop méconnu) :

— Quand l'Arquebuse a enfoncé le képi sur la tête de Couve en l'appelant *mon général*, était-elle innocente ou provocatrice ?

— Elle détestait non pas Couve mais ce qu'il représentait : l'univers des gens gonflés de suffisance, fâchés avec leurs sentiments, laborieux…

Ce soir-là, elle a sans doute voulu tourner en ridicule, à travers Couve, tous ces hommes graves et surtout bosseurs, si dérisoires à ses yeux… Ta grand-mère a toujours été contre le travail. C'est certainement ce qu'elle n'a jamais pardonné à son mari : qu'il se soit acharné à gagner leur vie, ça elle ne le supportait pas. Se conduire en épouse raisonnable lui paraissait lugubre et indigne. En dehors de l'amour et de l'écriture, tout ou presque lui semblait vain ou futile.

— Comment devient-on l'Arquebuse ? Elle n'est tout de même pas née comme ça…

— Ta grand-mère n'a jamais été comprimée par une société rigide. Son père, médecin non-pratiquant et rentier, l'a élevée à Évreux dans l'idée qu'elle était née pour jouir. Sa vocation, c'était le plaisir. Sa scolarité s'est résumée à de longues séances de lecture de poésie – le Dr Duchêne (son père) raffolait de Mallarmé –, en dégustant des sorbets variés au bord de rivières normandes. Elle n'a pas fréquenté l'école républicaine, et encore moins celle des curés. Les Duchêne ne voyageaient que par les livres, toujours accompagnés de plats choisis à la manière d'un vin. Ta grand-mère a grandi à l'abri des hauts murs de leur jardin, dans un univers purement littéraire et gustatif. Aussi dingue que cela puisse paraître, la guerre de 14 lui a été cachée jusqu'en 1916. Pendant presque deux ans, perdue dans ses poèmes, elle n'a pas su que la jeunesse européenne se faisait hacher menu dans les tranchées !

— Tu plaisantes ?

— Non, son père jugeait que cet *événement fâcheux*, comme il disait, devait être occulté. Les femmes de chambre avaient ordre de se taire et de ne parler à sa fille que de beaux sentiments. Tu imagines l'ambiance chez les Duchêne... L'Arquebuse n'a découvert la réalité de la guerre que par hasard, en croisant un convoi de gueules cassées sur la place de la Préfecture à Évreux, un jour où elle s'était échappée. Je crois qu'elle ne s'est jamais remise du choc... Bizarrement, au lieu d'en vouloir à son père, elle lui en a été reconnaissante ; et pendant six mois encore, elle lui a fait croire qu'elle n'était au courant de rien... Le trucage, c'était sa langue maternelle, ou plutôt paternelle.

— Comment sais-tu tout cela ? Ces détails... Elle ne m'a jamais raconté tout ça.

— L'Arquebuse me parlait de tout lorsque

vous n'étiez pas là : des fantômes censés la visiter les nuits de pleine lune, de son intimité avec un corbeau qui l'accompagnait chaque matin dans ses promenades au bord du lac, des liaisons platoniques de son propre père, de sa correspondance suivie avec le valet de chambre qui avait servi chez Proust, de ses brouilles à rebondissements avec Mme Bovary, de ses amants réels et imaginaires...

— Ses rapports avec Morand étaient faits de quoi ?

— De quotidien, ou plutôt de sensualité courante. Morand avait assez de tact pour ne jamais lui parler de *son travail* ou de politique. Ils aimaient faire le marché ensemble sur la place de Vevey, se délecter d'un succulent petit repas, savourer un gruyère authentique, digérer des heures entières dans les arbres. L'Arquebuse disait que lorsque Paul choisissait une poire sur un étal, le fruit prenait soudain une valeur particulière. Son regard bonifiait la vie concrète, banale. Et puis, cet homme savait également la toucher... Tu sais, la vie du corps de l'Arquebuse, c'était la moitié de son existence. L'autre moitié, c'était ses rêves bien sûr, ses lectures brumeuses, le monde des mots. Les événements autres que ceux de son intériorité la laissaient froide. L'actualité, qu'elle trouvait globalement sans relief, la faisait bâiller.

— Comment Jean a-t-il pu supporter une femme pareille ? Lui si enchaîné à ses devoirs, si catholique, si homme de droite… Lui qui s'enrouait à prêcher la vertu !

— Mais il supportait difficilement la liberté de l'Arquebuse ! Il s'est battu avec la plupart de ses amants, réels ou supposés, en sautant souvent par les fenêtres pour les poursuivre. C'était sa spécialité. Morand a échappé à un coup de feu de justesse, à la Mandragore, à la fin des années soixante. Heureusement, le Nain Jaune tirait mal…

— Tu plaisantes à nouveau ?

— Non, ta grand-mère rendait ton grand-père absolument fou. Son refus obstiné du réel l'irritait au plus haut point.

— Un jour, j'ai mis sous le nez de l'Arquebuse une photo d'Allen Dulles, le patron de l'OSS (l'ancêtre de la CIA) en Europe pendant la guerre, un cliché que j'avais trouvé dans la revue *Historia.* « Ce type, tu l'as déjà vu ? » Elle m'a répondu gaiement : « Allen ? Bien sûr, à Berne fin 1943 ou début 1944. Un homme exquis, aussi cultivé que spirituel. Nous faisions de longues promenades le soir, le long du fleuve, avec ton grand-père qui estimait son érudition. » Je l'ai alors priée de me dire de quoi ils pouvaient bien parler si gaiement pendant l'hiver 1943 le long de ce cours d'eau. De la bataille de Stalingrad, du débarquement en Afrique du Nord ? Elle a répliqué de la façon la plus évidente : « Mais non, voyons… de Rilke, bien sûr. Allen était passionné par le journal de Rilke qu'il m'a fait découvrir fin 1943. Ah, quelle année, 1943 ! L'année de ma rencontre avec Rilke reste un moment béni. » Sidéré, et même horrifié par cet aveuglement d'un égoïsme rare, j'ai continué à interroger l'Arquebuse pour savoir si elle avait une petite idée de la profession de ce commentateur de Rilke. Elle a paru troublée et m'a rétorqué : « Non, Allen récitait Rilke comme personne, ça me suffisait. » Quand je lui ai appris que son érudit était également patron de l'équivalent de la CIA, elle a semblé étonnée : « Allen ? Tu crois, vraiment ? » Puis elle a conclu en soupirant : « Comme c'est étrange, je n'imaginais pas que Rilke puisse intéresser la CIA… Alors tout s'explique ! C'est pour cela qu'Allen disposait de merveilleuses traductions du journal de Rilke, encore indisponible à l'époque. Ils ont de bons traducteurs à la CIA, n'est-ce pas ? C'est une excellente maison... » J'ai l'impression que l'Arquebuse a traversé la Seconde Guerre mondiale – comme la Première d'ailleurs – sans que la vérité de l'époque l'ait jamais effleurée. Réduire Allen Dulles à un admirateur béat de Rilke, et la CIA à un staff de traducteurs doués, il faut le faire...

— Mais rien n'a jamais effleuré l'Arquebuse ! s'exclame Zouzou.

— Son mari était chef de cabinet de Pierre Laval jusqu'en octobre 1943, elle a tout de même bien dû apercevoir deux ou trois choses pendant la dernière guerre ! Quelques étoiles jaunes...

— Elle était comme absente à tout ce qui ne lui procurait pas d'émotion délicieuse. L'ivresse de l'altruisme, elle n'a jamais connu...

— Elle a bien dû rencontrer Pétain ou Laval à Vichy.

— Une seule fois, à un dîner dont le Nain Jaune m'a toujours parlé avec agacement... me confie alors Zouzou à voix basse.

Pétain, l'Arquebuse et la soupière

En verve, Zouzou me raconta ce fameux repas avec force détails. Pétain, engoncé dans sa fatuité militaire, trônait en bout de table. Laval s'était lancé dans une péroraison politicarde. Sapée par l'ennui, l'Arquebuse avait trouvé ces bonshommes cireux suprêmement casse-pieds… Avant la fin de l'entrée, elle s'était même endormie et était littéralement tombée, le visage en avant, dans une grosse soupière. Le bris de la porcelaine l'avait réveillée. Pivoine, Jean avait eu honte et ne l'avait plus jamais emmenée dans un dîner officiel. Et quand le soir même il l'avait sommée de s'expliquer, l'Arquebuse avait riposté :

— Ces gens-là sont d'un ennui qui confine à la goujaterie ! Que voulez-vous, ils ne lisent rien. Pourquoi diable m'obligez-vous à venir souper chez des non-lecteurs ? On ne connaît pas de telles personnes !

Autour d'elle, l'Europe s'enfonçait dans une agonie sans dénouement, l'Occident guerroyait pour faire surnager ses valeurs, six millions de juifs traqués partaient pour le martyre ; et l'Arquebuse, elle, tombait dans les soupières… Au motif que ses interlocuteurs manquaient de religiosité littéraire. Cette absence de regard sur autrui m'atterra.

Au fond, je crois n'avoir jamais recroisé d'être aussi peu touché par les priorités de ses semblables. Zouzou me confirma ce point en soupirant. À table, quand un parleur s'épanchait sur des sujets qu'elle jugeait rasoir, l'Arquebuse s'en débarrassait en tournant la tête de la façon la plus vexatoire ; puis elle fixait ostensiblement ses yeux noisette dans la direction opposée. Elle trouvait irritants les *réalistes* (suprême injure !) qui s'inquiétaient de l'avenir professionnel des enfants ; ce sujet rébarbatif l'indisposait au plus haut point. Zouzou me rapporta que lorsque mon cousin Stéphane était venu consulter sa grand-mère, à dix-sept ans, pour évoquer son futur métier, l'Arquebuse lui avait répliqué avec consternation :

— Mais enfin… pourquoi tiens-tu à déchoir, mon chéri ? Tu le sais, je suis tout à fait hostile au travail : il éloigne les hommes des femmes. En as-tu pleinement conscience ?

— C'est certain… avait répondu Stéphane en bon Jardin, mais… peut-être qu'une profession, malgré tout, pourrait offrir des aspects romanesques… et réserver certaines surprises.

L'argument avait fait mouche. Contre toute attente, notre grand-mère avait subitement pris le parti de l'aider. L'Arquebuse avait conseillé à son petit-fils de se lancer dans une brillante carrière de gigolo – « activité qui permet indéniablement de découvrir les mystères de la vie » – ou d'opter pour une autre voie rémunératrice : tueur à gages, mais de grand style, spécialisé dans le gros gibier politique du genre Kennedy. En dehors de ces deux emplois, mon aïeule n'avait envisagé pour mon cousin que le métier de tueur de fauves au sein d'une réserve africaine. Ces deux dernières pistes lui étaient apparues judicieuses, en raison de l'habileté au tir dont Stéphane avait fait preuve au cours de son service militaire. Mon cousin avait effectivement servi dans l'armée suisse en tant que tireur d'élite – sans jamais penser qu'il lui serait un jour proposé d'abattre un chef de l'État ou des lions kenyans. On le voit, l'orientation professionnelle d'un Jardin tenait assez peu compte des réalités du marché du travail…

L'Arquebuse se serait fort bien passée de pain ou d'eau ; mais de romanesque, jamais. À vrai dire, cette sensuelle ne s'intéressait qu'à peine à son existence réelle. Ne la passionnait que le récit coloré qu'elle pouvait en tirer dans sa correspondance où le plus minime incident enflait jusqu'à prendre un tour cataclysmique. L'amour du feuilleton était sa vitalité, sa grande ressource. Aussi se réjouissait-elle lorsqu'un individu lesté d'anecdotes saugrenues campait dans nos parages.

Avant de quitter Zouzou, ce soir-là, j'osai une dernière question indiscrète :

— Et le ténia… comment est-il passé de ton ventre à celui de l'Arquebuse ?

— Oh ! s'indigna Zouzou rose de gêne. J'ai droit à ma pudeur… Et d'ailleurs ta grand-mère aussi. Je t'interdis de parler d'elle dans ton livre !

Hitler, les girls et Hollywood

Hans-Heinrich K., le gendre de la princesse du rez-de-chaussée, me captivait. Cet ex-Allemand septuagénaire, établi à Los Angeles depuis les années trente, m'emmenait pêcher sur les digues de la Mandragore. Tout en attrapant des perches du Léman, ce cinéaste hilare racontait au minot que j'étais ses tribulations d'opérateur. Le premier *grand show* qu'il avait éclairé, en 1934, avait été la grand-messe hitlérienne de Nuremberg. Curieux débuts, singulier son et lumière...

— On avait tout filmé, me raconta-t-il un soir d'été. Mais le laboratoire avait *destroyed* quelques bobines. Hitler *was* furax ! Son Reich devait durer mille ans et nous ruinions déjà les bobines ! Ah ! Ah ! Il a ordonné à nous de démonter le grand décor de Nuremberg et de le reconstruire dans les studios de la UFA à Berlin pour retourner les vues manquantes. Quels *retakes* ! Les chefs nazis ont à nouveau joué leurs discours devant des figurants costumés et payés, des chômeurs amusés. Et ils étaient aussi justes en studio que pour de vrai ! *All this was show business ! Real* opérette !

— C'est vrai ?

— *Yes* petit, les films d'époque sur Nuremberg, que tu verras peut-être plus tard, sont en fait un *mix* de reportages et de vrais films ! On a mélangé les plans ! Tout ça est comédie ! *Comedy !*

— Pourquoi n'es-tu pas resté en Allemagne ?

— Je n'étais pas un nazillon. Et puis… je préférais éclairer les girls des comédies musicales de Hollywood. Avec des jets d'eau ! C'était aussi du grand spectacle avec des foules, comme à Nuremberg… J'ai toujours beaucoup aimé les plans d'ensemble.

Sans état d'âme, ce jouisseur bon enfant était passé des SA aux girls de Hollywood. Vingt ans plus tard, au hasard de mes lectures, j'appris dans les mémoires d'Albert Speer, l'architecte de Hitler, que l'anecdote du vieil Hans-Heinrich était exacte : le dictateur avait effectivement fait retourner une partie du congrès de Nuremberg dans les studios de Babelberg. L'horreur du nazisme avait bien commencé par une comédie cinématographique.

Tout en taquinant la perche du Léman, Hans-Heinrich me rapporta qu'il avait également tourné pour l'armée américaine – en 1944 – de faux documentaires présentant des batailles palpitantes mais propres, acceptables par les enfants. Ces films étaient destinés aux actualités gorgées de flonflons patriotiques que les studios diffusaient dans le Middle West. C'était la Metro Goldwyn Meyer qui lui avait passé ces commandes un peu particulières, m'affirma-t-il. Des figurants héroïques y rampaient dans une boue peu salissante, faisaient semblant d'être atteints par d'illusoires balles qui leur causaient de symboliques blessures sur des champs de bataille factices reconstitués dans le Michigan ou le Missouri. Hans-Heinrich avait même filmé un simili-débarquement en Normandie sur des plages du Maine, nettement moins sanglant que celui – plus désagréable – d'Omaha Beach. La guerre réelle n'avait pas été jugée assez cinégénique pour les âmes délicates de l'arrière.

Gamin, ces histoires de falsification du réel

m'impressionnaient beaucoup. Aux yeux des adultes que je fréquentais à la Mandragore, il semblait envisageable de s'affranchir des contraintes fâcheuses de la vie. Cette certitude berça mes premières années. Tous les miens en paraissaient tellement convaincus… Hans-Heinrich avait éclairé des nazis de cinoche dans la vraie Allemagne hitlérienne, Merlin inventait des procédés d'optique destinés à faire léviter Zouzou au milieu de notre salon, le Nain Jaune finançait sans faire de chichis la gauche et la droite ; et moi qu'allais-je bien pouvoir accomplir ?

Porter les sandwichs du yéti.

La ration du yéti

Merlin était à bien des égards aussi évanescent que ses projets. Aussi se réfugiait-il souvent dans des relations épistolaires quasi fictives. Ses correspondants se trouvaient disséminés aux quatre coins de la planète : des magiciens néo-zélandais de renom, un trio de moines berbères adeptes du trampoline, des écolos gallois qui produisaient un délicieux fromage de femme (*woman cheese*) à partir du lait maternel humain, un rabbin un peu satyre réputé pour son génie de la paresse et... John-John Carpenter, le célèbre chasseur californien de *bigfoots*.

Carpenter était convaincu de la survivance des *bigfoots*, ces hommes de Neandertal qui, comme certains reptiles préhistoriques (iguanes, lézards divers, etc.), auraient discrètement traversé les âges pour parvenir jusqu'à notre ère. Cette hypothèse farfelue était soutenue avec ardeur par des escouades de chasseurs de *bigfoots* réunis au sein de la puissante *International Association of Cryptozoology*. Mon oncle voyait en John-John Carpenter le type même du visionnaire incompris et souscrivait à la plupart de ses thèses. Selon Carpenter, les *bigfoots* seraient devenus furtifs et quasiment invisibles aux yeux des sapiens en raison de leur extrême prudence. Pourchassés depuis des millénaires, ces vaincus de l'évolution se seraient établis dans les régions les moins courues du globe. On n'en aurait aperçu que dans certaines vallées de l'Himalaya – où on les nomme yétis – et dans deux ou trois autres zones montagneuses désolées ; aucun à Saint-Tropez.

Et soudain, un lundi de Pâques, le téléphone sonne à la Mandragore. Fébrile, John-John avertit Merlin qu'il décolle de San Francisco pour gagner Vevey : un alpiniste genevois membre de la ligue mondiale des traqueurs de *bigfoots* vient de l'informer qu'on aurait localisé un néandertalien errant en Suisse primitive. Une expédition – qualifiée d'historique par Merlin – se prépare avec les Jardin. Tous les double-rate

– et leurs affidés – sont invités à s'y joindre. La nouvelle met aussitôt la maisonnée sous pression. Et si l'on ramenait le yéti à la Mandragore ? Personne autour de moi ne met une seconde en doute la survivance d'un contemporain du mammouth... Déjà on envisage de loger l'hominidé dans notre cabanon. Enthousiaste, l'Arquebuse annonce qu'elle entend participer à ce safari préhistorique. Et quand j'émets quelques réserves sur l'existence de ces aimables yétis, elle a ce mot définitif :

— Mon chéri, il faut toujours croire. Ne commets jamais l'erreur navrante d'être le matelot qui renonça à monter à bord du bateau de Christophe Colomb...

Salgues – qui campe chez nous sans Zaza – s'emballe à son tour, mais avec humour : il sera également du voyage. Stimulé par d'inédites perspectives érotiques, il se prend même à rêver d'une séance fornicatoire avec la créature néandertalienne.

— Je vais me faire le yéti ! Le yéti ! hurle-t-il à tout le monde, avec la forme de l'homme qui sort d'une cure de désintoxication.

Seule Zouzou garde la tête froide :

— Toutes ces histoires sont ridicules... Si le

yéti habitait le canton de Zug, nous serions déjà au courant.

— Pas du tout Zouzou, riposte mon petit frère Frédéric dit le Chinois. Les hommes de Neandertal ont survécu comme les dragons de Komodo ou les fourmis rouges. C'est forcé qu'il reste quelques *bigfoots* malins !

En attendant l'arrivée de John-John, Merlin s'attelle à la construction d'une chaise à porteurs de grand style destinée à véhiculer l'Arquebuse à travers les Alpes. Agée de presque quatre-vingts ans, notre ancêtre souffre d'une arthrose qui lui bloque parfois les hanches. Il faut penser à tout. Subitement prévoyant, mon oncle prie Zouzou de bien vouloir préparer des sandwichs pour l'ensemble de notre corps expéditionnaire ; et il ajoute sans sourire, comme si cela allait de soi :

— N'oublie pas la ration du yéti.

Cette expression – *la ration du yéti* – m'est restée, comme la marque même de la liberté fondamentale de ma tribu. Dans l'agitation des préparatifs, le frère du Zubial pensait soudain aux sandwichs du néandertalien. En digne fils de l'Arquebuse, Merlin n'excluait aucune possibilité. Sa pensée débordait en tous sens, se laissait submerger par la profusion des hypothèses que la vie lui suggérait. Mon oncle était un fleuve amazonien qui se serait noyé dans sa propre crue… Sa terreur majeure était de passer à côté d'une intuition de génie. Chez les double-rate, il fallait être Galilée ou ridicule ; l'entre-deux ne valait pas la peine d'être envisagé.

À peine débarqué (revêtu d'un extravagant manteau de fourrure et d'une toque en peau de yack), John-John Carpenter prend place à bord de notre automobile bondée. Nous mettons le cap sur la Suisse primitive. La chaise à porteurs de l'Arquebuse a été solidement fixée sur la galerie de l'antique Mercedes. Quel attelage ! Tout au long du périple en direction de Zug, Merlin, Salgues et John-John entonnent des chants grégoriens, en regrettant que le Zubial – occupé à subjuguer une actrice – n'ait pu se joindre à eux. La route sinueuse me donne bien un peu envie de vomir ; mais j'entends tenir le rôle qui m'a été dévolu : porter à travers les Alpes le sac à dos qui contient la fameuse *ration du yéti*…

Hélas la traque du néandertalien fut brusquement interrompue. Après une demi-heure de marche dans les alpages de Suisse alémanique, notre groupe fut repéré par des soldats, au moment où nous nous apprêtions à pénétrer dans une zone militaire. La chaise à porteurs et les glapissements de l'Arquebuse avaient sans doute attiré l'attention des sentinelles. Véhément, John-John prétendit que l'armée fédérale cherchait à dissimuler l'existence avérée des *bigfoots*. Il vociféra à plein gosier, puis tenta de parlementer. Le gradé zurichois auquel nous eûmes affaire nous prit sans doute pour des givrés membres d'une secte. Refoulés sans aménité, nous retournâmes à Vevey sans chanter. Fraîchement accueillis par Zouzou – qui avait refusé de participer à l'équipée néandertalienne – John-John et les Jardin restèrent cependant convaincus qu'ils n'étaient pas passés loin du yéti.

— Sans l'intervention de ces fanfarons en kaki, le *bigfoot* était à moi ! grommela Salgues qui s'était finalement pris au jeu.

— Yveton, lui avait alors répliqué l'Arquebuse avec tendresse, j'aurais tant aimé que tu sois des nôtres…

— Mais je le suis d'âme, de cœur et de conviction.

Ce jour-là, la présence de Zouzou me rassura.

Trop de folies converties en éventualités exténuait le garçonnet que j'étais encore. La paisible normalité de Zouzou m'apparut tout à coup comme un fleuve réconfortant, au débit stable. Elle nous prépara une tarte aux pommes qui me rassasia, alors que la chasse au yéti m'avait laissé un goût de frustration. Bizarrement, j'eus ce soir-là plus envie d'imiter Zouzou que de marcher sur les traces d'un John-John Carpenter. Parfois, cela me paraissait si harassant de posséder une deuxième rate…

L'insoutenable difficulté d'être un double-rate

Je n'ai jamais su évoquer ma famille mutilée par les suicides sans ravaler mes larmes. En effet, j'ai contracté au sortir de mes jeunes années un rire étrangement forcé : un rire bouclier. Il me fallait à tout prix déguiser mes traits inquiets, les affubler d'un masque inquiétant de gaieté. Pourtant, la Mandragore et Verdelot ne furent pas seulement des armoires aux confitures…

Ma demi-sœur Nathalie ne dut son salut qu'à sa fuite courageuse : elle prit un jour le maquis avec sa famille et se réfugia aux antipodes de Vevey, dans l'épais bocage du Cotentin, naturellement fortifié contre les incursions des double-rate. Mon autre sœur, Barbara, surmonta les paniques de son enfance au prix de mille thérapies et ne s'en sortit pour de bon qu'en devenant à son tour psychothérapeute. Merlin et mon frère Emmanuel, immolateurs d'eux-mêmes dans les conditions glaçantes que l'on sait, sont là – ou plutôt ne sont plus parmi nous – pour attester notre insoutenable difficulté à soutenir notre nom. Le Zubial, décédé à quarante-six ans d'avoir été un Jardin, en avait déjà apporté la preuve. Deux des amants de ma mère, foudroyés jeunes par cette existence impossible, furent également victimes de notre liberté toxique et de nos songes dévastateurs. Le cancer fut leur excuse.

Même nos chiens dégringolèrent dans la folie à force d'être aimés par des Jardin. Marcel, mon propre fox-terrier, s'exerçait sans fin à sauter à la verticale, imitant de façon neurasthénique le rebond des balles en caoutchouc. Zoé – la chienne dyslexique qui laissa son joli nom au ténia de Zouzou – termina ses jours végétarienne. Perle, jadis une élégante levrette, finit par ressembler à une chauve-souris du Zambèze. Cas unique en Europe, elle aboyait en bégayant. Tous ces pauvres quadrupèdes se firent l'écho de nos psychismes en surchauffe. Comment ne suis-je pas, moi aussi, devenu dingue ? D'ailleurs est-il bien certain que je ne le sois pas ?

Car enfin... on ne couche pas impunément avec la voix de son amant défunt ou avec une guenon friande d'héroïne...

On ne peut pas décemment passer ses journées à perfectionner ses échecs...

Il n'est pas recommandable de laisser les enfants acheter des bonbons avec l'argent noir des partis politiques...

Les fils ont intérêt à ne pas culbuter leur ex-belle-mère, fût-elle polyvalente. On ne fait pas litière du corps de certaines femmes. Bouche d'or était de celles-là...

Tout individu devrait consentir à posséder des papiers d'identité...

La légalité n'est pas une option exotique ni les comptes en banque des clowneries...

Personne ne devrait déposer de chèque en blanc dans les cabines téléphoniques, juste pour rire...

Il reste malsain de financer avec le même entrain la gauche et la droite, de participer au cabinet de Pierre Laval à Vichy et de lire la *Pravda* au petit déjeuner avec un membre du KGB...

La comédie

On ne devrait pas laisser transhumer les vers solitaires du ventre de la maîtresse vers l'estomac de l'épouse légitime, fût-il solide…

Mon papa n'aurait pas dû cravacher l'épouse de l'amant de sa propre maman, initié par elle à de sévères pratiques…

D'une manière générale, que les époux se fouettent entre eux, en famille… Sans avoir recours à des Mexicains au fond de notre jardin.

Et qu'on se le dise : les hommes de ma mère n'auraient jamais dû porter des montres identiques pour m'apprendre à lire l'heure.

L'addition de toutes ces folies mises bout à bout fut interminable à régler. À quarante ans, je finis tout juste d'en payer les surcoûts ; même si les agios courent toujours.

II

L'ADDITION

Les êtres sont parfois aussi différents d'eux-mêmes que des autres.

LA ROCHEFOUCAULD.

Zouzou m'a dit

Dans la tiédeur molle de Mougins, Zouzou me verse un verre de jus de roses et, soudain troublée, m'interroge :

— Dans ton bouquin sur les double-rate, tu as l'intention de… tout révéler ?

— Pourquoi pas ? Notre réalité me paraît plus belle que nos mensonges. J'ai même failli intituler ce livre *Enfin !*

— Prends tes précautions, tout de même…

— Ce serait une faute, pire un contresens ! On ne peint pas le feu en évitant les flammes… Écrire sur les Jardin en mettant une ceinture de sécurité, c'est absurde !

— Méfie-toi des retours… de flamme justement.

— Je ne veux plus être le brave petit Alexandre qui gobe les sornettes de chacun…

Ce qui était réellement insoutenable, c'était l'addition de nos mensonges. On ne peut pas disqualifier éternellement *la vérité* – en l'occurrence la mienne.

— Tu comptes l'appeler comment, ton roman ? Parce que si tu dis la vérité, ça ne peut être qu'un roman…

— *Le Roman des Jardin*, justement.

— Tu prendras donc des libertés avec la vérité des faits ?

— Parfois… mais certainement pas lorsque je parlerai de Frédéric.

Le Jardin de cœur

30 juillet 1980, hélas. La vie cesse d'avoir du goût. Ma mère vient de m'apprendre la mort de mon père et ajoute un bonus : elle nous révèle de but en blanc que mon frère Frédéric n'est pas le fils biologique de Pascal Jardin mais celui de Claude Sautet, le cinéaste, qui se trouve justement près de nous ce soir-là. Tout s'effrite… Drôle de nuit : on trouve à mon frère, au pied levé, un père glorieux au moment où le mien me fausse compagnie. J'ai quinze ans, Frédéric à peine douze. Il porte donc le nom d'un écrivain au diapason de toutes les libertés et les gènes d'un metteur en scène qui a fait de sa rigueur un énorme talent. Deux virtuosités se tressent en lui, deux tempéraments uniques sous-tendent le regard si particulier qu'il porte sur les choses de sa vie. Comme pour avertir l'univers que ce

curieux métis fera un jour de la poussière, notre mère a même eu le chic de mettre au monde mon frère en mai 68.

Mais comment a-t-elle pu laisser fermenter un secret pareil pendant douze ans ? Que de nuits préoccupées, de trimestres insomniaques… Et puis merde, pourquoi diable dégoupille-t-elle cette réalité à ce moment-là ? À l'instant précis où l'univers vacille pour nous. Le soir où nous nous fâchons pour toujours avec l'insouciance… Sur le moment, j'ignore encore que c'est ma grande sœur Barbara qui a exigé que le voile soit enfin déchiré. Sans doute était-elle lasse de porter ce secret et de confesser les hommes de notre mère : Claude, Pierre C. et mon père.

La première nouvelle nous fracasse, l'effet de souffle de la seconde achève de nous désarticuler. Frédéric reste sur le flanc toute la nuit les pupilles dilatées, frappé d'hébétude. Chez les Jardin, même les décès tiennent du coup de théâtre. La comédie féroce ne fléchit jamais. Cependant, habitués au gros temps, nous avons de la ressource… et même un brin d'humour. Dès le lendemain matin, mon frère glisse un fragment de copie double sous la porte de ma chambre. Je me penche et lis quelques mots rédigés de sa petite main tremblée : « Ça se complique, on a intérêt à devenir des génies ! » Démantibulé, Frédéric réagit comme il peut, en gamin courageux qui, percuté par le destin, le défie sans faiblir. Déjà je l'admire.

Pourquoi nous a-t-on caché l'ascendance véritable de Frédéric ? Peut-être était-elle difficile à expliquer à des enfants : Pascal, mon père, voulut follement un enfant de Claude, son ami. Avec ma mère, ils formèrent entre 1964 et 1969 un ahurissant couple à trois. Curieuse géométrie… Nulle homosexualité ne cimentait ce trio, seulement une passion trépidante pour la même femme qui les révélait. De surcroît, les deux créateurs – que tout opposait – se subjuguaient mutuellement, s'admettaient avec fièvre et formaient ensemble un homme acceptable, bicéphale, dont notre mère raffola ; alors qu'individuellement, ils étaient, il faut bien le dire, proprement insupportables. Claude tira de ce coup de foudre triangulaire son plus beau film, peut-être le plus mélodieux, *César et Rosalie.* La démarcation cinématographique n'est qu'esthétique ; on y retrouve jusqu'à certains détails de la naissance de leurs tribulations communes. La vitalité de ces trois fous y explose sous les traits d'Yves Montand (qui tient impeccablement le rôle du Zubial), Romy Schneider (déguisée en notre mère) et Samy Frey (qui interprète un Claude Sautet radouci). De son côté, le Zubial rédigea par la suite dix pages incandescentes et drôles qui relatent cet épisode dans *Guerre après guerre*, son deuxième livre paru en 1973. À la fin de ce chapitre, mon père suggère la naissance d'un héritier commun sans la révéler de façon explicite ; car ce furieux voulut expressément reconnaître et faire sien l'enfant de Claude qui, de son côté, cherchait à ménager sa propre femme. Le clin d'œil était limpide pour les gens qui savaient et respectueux de leur étrange pacte scellé à trois. Intouchés par les conventions, le Zubial, Claude et notre mère se situaient au-delà des lois du monde…

Plus de vingt ans après et quelques psychanalyses plus tard, Frédéric vient me consulter un soir : il entend devenir officiellement le fils de Claude, décédé trois ans plus tôt, et ne sait comment s'y prendre. Pour agir, il a eu la délicatesse d'attendre le décès de Graziella Sautet, brisée par le décès de son époux. Pendant plus de vingt ans, Claude s'est conduit avec Frédéric comme le père protecteur que je n'avais plus. Il paraissait si fier de voir grandir et s'affirmer *son Jardin à lui.* Son chéquier soutenait fort légitimement notre mère. Ses propos aboyés lorsqu'il venait chercher Frédéric le mercredi – où ils déjeunaient ensemble – me faisaient rire. Cependant, l'enfant de ces deux hommes, lui, n'en finit pas de régler la note de leurs délires procréateurs. Frédéric est à présent au bout de ce rouleau-là : je le devine exténué par son hérédité compliquée qui le désoccupe de tout et lui ravage l'âme. Metteur en scène, il pressent qu'il ne donnera sa pleine démesure que lorsqu'il aura mis en ordre l'abracadabrant écheveau de ses origines.

Ensemble, nous tentons de rassembler les documents susceptibles de prouver son ascendance. J'ai follement envie de l'aider. L'amour des pères est descendu jusqu'aux fils. Et puis, sa fringale de vérité me gagne, au point de me redonner envie d'écrire ce livre. Pour mener une affaire aussi baroque, il faut à mon frère un avocat suffisamment *jardinesque*. Je lui conseille de s'en remettre à David K., mon meilleur ami, un fiévreux qui connaît tous les terroirs de la nature humaine et qui ne jouit d'être né que lorsqu'il invente des solutions. La magie est son métier. Lors de la première réunion chez David, nous présentons les deux pièces qui nous paraissent les plus convaincantes : une cassette de *César et Rosalie* ainsi qu'un vieil exemplaire de *Guerre après guerre*.

Décontenancé (ce qui lui arrive rarement), David nous toise, pose sa main d'avocat sur un Code civil et lance :

— Un film et un roman… C'est tout ce que vous avez ?

— Ben… oui ! répond Frédéric avec fierté.

— Deux fictions n'ont jamais fait une vérité. On ne peut pas prouver une ascendance réelle avec des œuvres d'art ! s'exclame mon ami. Fussent-elles excellentes.

— Tu crois ?

— Vous tombez vraiment de la lune… Si je déboule devant un juge avec la *Joconde* sous le bras, ça ne suffira pas pour attester que je suis le fiston de Vinci.

Je fixe Frédéric qui hausse les épaules : en bons Jardin, nous n'avions pas imaginé une seconde que dans le monde des mono-rate – que David, lui, sait décoder – la fiction et les œuvres d'art valent moins que les papiers légaux…

— C'est tout de même un très bon film ! argumente Frédéric.

— Et le livre de papa est remarquable, ai-je ajouté. Même s'il est moins célèbre que les autres.

— Je n'en doute pas… ironise David. Mais devant un tribunal, ça risque tout de même de faire un peu léger !

— Mais c'est la vérité !

— Vous avez raison, on y va…

Nous nous mettons en quête de documents plus fiables et, un beau matin, je tombe sur des films en Super 8 surgis de notre petite enfance. Sur ces plans muets que Frédéric et moi visionnons, nous ne voyons que des scènes quasi irréelles, postérieures à l'embrasement amoureux à trois qui engendra mon frère. Ces images datent sans doute de 1973. Le Zubial y figure en compagnie des amants de ma mère, au grand complet. Manuel suractif, l'animal bricole avec eux dans le décor de Verdelot, caracole muni de perceuses et s'ébroue en costume de plâtrier. Tous portent la même montre en acier et coopèrent, le sourire aux lèvres, à la construction de nos meubles de cuisine. Il faut bien le dire, ma mère concassa le cœur des hommes avec une inextinguible gaieté. Du temps de sa beauté, elle laissa certes derrière elle bien des tumescences affectives, voire des brisures de la personnalité ; mais ces relations d'une exceptionnelle qualité eurent lieu dans la plus exquise bonne humeur. Sur la première bobine, Pierre C. pilote un bateau hors de prix et fait faire des tours de ski nautique aux enfants de la chance que nous étions. Sur la seconde, Jacques S. apprend à Frédéric quelques mouvements natatoires, Nicolas D. dessine des lunettes sur la figure des plus petits. Sur la troisième, le Zubial nous enseigne l'art de poncer les frigos (il les préférait couleur métal) et, en arrière-fond, on aperçoit Claude qui creuse à la pioche la cour de Verdelot pour mettre la main sur un trésor. La polygamie de ma mère se déroule paisiblement, s'épanouit presque bourgeoisement. Sur ces images, tout est dit sans être formulé. L'invraisemblable se vit dans un ailleurs sidérant où la rivalité des hommes n'existe plus et où l'amour fou impose d'autres règles. À Verdelot, on est bien au-delà des repères. Cette normalité dans l'anormalité m'effraie soudain et m'apparaît comme la plus grande violence que nous ayons subie ; car il n'est rien de plus inquiétant pour un minot que de lui faire croire que l'absolu non-conformisme est un ordre, que la jalousie relève du bizarre et que ce qu'il ressent comme étrange est *naturel*. Ses perceptions s'en trouvent illico disqualifiées.

— Comment s'en est-on sortis ? me murmure mon frère.

— Par la création… Et si c'était splendide ?

— Quoi ?

— Tout ça… cette liberté.

Soudain, je me mets à admirer ce désordre qui m'a tant inquiété, cette licence joyeuse qui nous a à la fois violés et façonnés. Certes, Frédéric en ressort contusionné ; mais comme la douleur l'a rendu singulier et fort ! Il y a en lui un malaise incoercible qui ne se fixe que sur des pensées particulières et vastes. Sa nature est celle d'une bourrasque. Ses coups de cafard sont des illuminations à rebours, ses angoisses des coups de grisou aux éclats qui me fascinent. Il ne vit pas, il se démène. À présent qu'il a décidé de briser ce simulacre d'identité, de se désintoxiquer des lubies de Pascal, le voilà plus authentique et plus Sautet que jamais ; et donc follement Jardin. Être en règle avec soi, tel est désormais son axiome. Au risque de choquer l'univers.

Sur ces films en Super 8 que nous scrutons, un homme énigmatique l'aidera par la suite de toute sa diligence, traquera dans Paris les témoignages qui permettront un jour à Frédéric de devenir légalement ce qu'il est par le sang. Ce surprenant spécimen d'humanité aime mon frère comme s'il était son fils alors que lui n'est pas son père. Sur tous les plans saccadés, il est là, assistant le Zubial dans ses travaux d'ébénisterie, allumant les barbecues, faisant réciter leurs leçons aux enfants, démarrant les moteurs de hors-bord, étalant de la crème solaire sur le dos de ses rivaux, leur servant le café avec un sourire constant et cavalant toujours au-devant des désirs de notre mère. Surgi bien après l'épisode avec Claude, il est celui qui, à l'issue de vingt-cinq ans de luttes héroïques, réussit à évincer tous ses autres compétiteurs, supporta avec élégance les humiliations les plus variées et qui, finalement, triompha en devenant le dernier homme de ma mère. En somme, sa vie est une victoire.

Ce surhomme que j'ai si souvent mal compris et finalement adoré de tout mon cœur est peut-être l'un des individus qui aimèrent le mieux une femme au XXe siècle. Je lui dois ma robustesse – donc ma survie – et, très certainement, une certaine idée de l'amour inaltérable. Rien chez lui ne fut jamais régulier : sa constance inhumaine (il se battit tout de même plus d'un quart de siècle pour s'approprier notre mère de façon exclusive…), son absence quasi pathologique d'ego, sa physiologie curieusement insensible aux affronts du temps (pas un cheveu blanc et une musculature de gladiateur à soixante-quinze ans), sa bonté à peine concevable qui n'a d'égale que son engagement passionnel radical. C'est lui qui, un jour, m'écrivit au dos d'un paquet de cigarettes cette phrase définitive de saint Augustin : « Celui qui se perd dans sa passion a moins perdu que celui qui perd sa passion. » Pour la femme du Zubial, il osa tout, endura davantage et risqua plus encore ; même l'incompréhension de tous.

Cet homme sans égal se prénomme Pierre.

Le plus grand amant du monde

Ce jour-là, je hais passionnément Pierre ; comme on peut haïr un père. Barbara, ma demi-sœur aînée, vient de me révéler qu'il dépense l'argent de notre mère à son insu depuis des années : signatures imitées pour endosser des chèques, détournements portant sur des sommes rondelettes, son dossier est complet. Il ne manquait plus que cette touche de duplicité (apparente) pour parachever notre tableau familial… Les folies de Pierre, d'une inconséquence vertigineuse, mettent désormais en péril notre mère et l'exposent à d'irrémédiables persécutions fiscales. La nouvelle me liquéfie. Je reste tremblant, le larynx asséché. Comment un tel dérapage a-t-il pu advenir au sein même de notre clan ?

J'avais déjà eu vent de filouteries familiales

fort désagréables, entre père et fils notamment. Mais ce type d'abus – psychiquement dévastateur – m'était apparu inimaginable chez nous. Et soudain, l'impossible se produit dans ma propre sphère.

Pierre, l'homme qui m'a le mieux élevé – c'est lui qui m'initia à la lecture et au rasage –, vient de rompre brutalement la confiance qui nous unissait tous ; du moins ai-je la sottise de le croire. Longtemps j'avais pensé que la probité n'était pas sa spécialité, dès lors qu'il se battait pour ma mère. Mon père m'avait en effet laissé entendre que Pierre avait offert Verdelot à ma mère en siphonnant en douce les comptes helvétiques de son associé, l'une des plus généreuses stars du cinéma français. La vérité – que je sus plus tard – était à la fois plus belle et… plus inattendue. Secrètement, Pierre avait gagné la somme requise en 1972 à la Loterie nationale en jouant la date de naissance de celle qu'il vénérait. Cette femme lui avait toujours porté chance. Chez les double-rate, l'improbable arrivait. Mais comment Pierre a-t-il pu s'attaquer aux comptes de ma mère, lui qui fit d'elle l'axe suprême de son existence ? Lui qui veille sur son bonheur avec la plus douce des attentions ?

Lui qui, lorsqu'il parle d'elle, semble saisi d'une dévotion surnaturelle… À trente ans, j'apprends soudain que l'amour intégral ne protège de rien.

Le soir de Noël, Barbara convoque à Verdelot un abrégé de conseil de famille, en présence de notre mère et de Pierre. Elle, Frédéric et moi sommes désormais majeurs ; et c'est nous, les anciens enfants, qui nous plaçons brusquement dans la position de rappeler aux supposés adultes ce qui est tolérable et ce qui ne l'est pas… Le tribunal se tient à huis clos au premier étage du Prieuré de Verdelot. L'heure est à la mise à mort des faux-semblants ; ce qui inaugure chez nous une époque inédite… Courageuse – elle se serait bien passée du rôle –, Barbara prend la parole et informe notre mère que Pierre, son inséparable attitré, son assurance tous risques, la plume à son insu. Posément, ma sœur exhibe les preuves bancaires de ses accusations ; puis le procureur Barbara rappelle que l'argent peut être donné ouvertement dans un couple, mais non capté de façon frauduleuse.

Figé dans un teint cireux, Pierre ne répond rien. Il tombe alors dans un moment de silence ténébreux. Un masque de douleur affleure sur ses traits : celui d'un homme qui va peut-être se suicider au sortir de la scène. Nous sommes *ses enfants de cœur* (son vrai fils est absent ce jour-là) ; et Pierre nous imagine défiants à jamais.

Frédéric et moi faisons part de notre désespoir que nulle frontière sacrée ne protège enfin les membres de notre tribu. Mon frère pleure de toute sa carcasse : les bizarreries des hommes de notre mère ne l'ont que trop secoué. Pierre s'obstine à se taire ; il tremble cependant. La scène est d'une insoutenable brutalité, derrière les mots justes et dignes que chacun profère : je manque de défaillir.

Et soudain, l'imprévu survient. Ma mère fixe du regard ses trois enfants et nous jette à la figure :

— Vous êtes des lions ! J'ai fait des lions !

Dans une volte-face imprévisible, elle se rebiffe contre nous et prend le parti de l'homme qui la menace dans sa sécurité. Sur le moment, nous restons tous trois saisis de stupeur, dégondés. Que s'est-il donc passé ?

Il me fallut trois bons mois pour éclaircir les dessous de cet affrontement. Après une enquête tatillonne aux frontières de la légalité, je finis par comprendre la vérité qui n'avait rien à voir avec la réalité des faits. Pierre, plus gêné financièrement que je ne l'imaginais, n'avait dérobé cet argent que pour continuer à jouer au galant en position d'inviter notre mère à l'hôtel ou au restaurant, au soupirant attentif à même de la couvrir de cadeaux. Son intention était de la rembourser dès qu'il le pourrait. Aux abois, il entendait demeurer celui qu'elle a toujours voulu qu'il soit : un homme rassurant qui la dispense de la gravité de la vie et des mille tracas que le destin sait inventer. Décevoir cette femme ou déroger à sa fonction ? Cet indécourageable ne le pouvait pas ; pour lui, renoncer à ce rôle – celui qui justifiait sa vie – c'était déjà mourir. Pas un centime volé n'avait servi à autre chose... qu'à composer le personnage magique qu'elle espérait. Chaque talon de chèque falsifié attestait cette volonté sublime.

En somme, Pierre n'avait pillé ma mère que pour lui complaire et l'apaiser. Je te braque pour que tu m'aimes... On a les amours que l'on ose concevoir. Les leurs défonçaient les plafonds de la normalité.

C'était pour cela que Pierre n'avait rien répliqué à Verdelot, rien allégué en faveur de son honneur. Muré dans son secret, il avait préféré passer pour malhonnête à nos yeux plutôt que d'arracher le masque qui réconfortait sa bien-aimée. Quelle leçon ! Elle d'abord... envers et contre tout, jusqu'à la dévaliser, jusqu'à truquer le réel. Que ne s'était-il confié à moi ? Sa démesure m'a tant façonné... et je l'aime tant de m'avoir montré que l'amour, le vrai, celui qui gît au fond de nos cellules de vérité, n'a que faire des attitudes timorées et du jugement d'autrui. Quel homme !

Alors, brusquement, je me suis senti piteux d'avoir condamné un amant de cette stature, ce presque double-rate capable d'aimer bien au-delà de la raison. Ma morale me parut soudain minuscule, si garrottée de sottise. Comment avais-je pu ne pas flairer la grandeur royale de Pierre sous ses actes d'apparence canaille ? On a toujours tort de juger...

Mais une question restait sans réponse : qui pouvait bien être cette femme hors format pour inspirer aux hommes de semblables folies ? Pour faire un Pierre, corsaire affranchi de tout, il fallait une héroïne de même voilure. Quelle sorte d'amante fut donc notre mère ?

Vichy et moi

Au lendemain de la mort du Zubial, j'entreprends d'ausculter le passé ombreux de mon grand-père. À quinze ans, je veux savoir ce que furent les responsabilités réelles du Nain Jaune, chef de cabinet de Pierre Laval à Vichy de mai 1942 à octobre 1943. Hideuse hérédité… À l'époque, Pierre Assouline n'avait toujours pas signé la biographie très fouillée – mais prudente, par manie de la vérification – qu'il lui a consacrée : *Une éminence grise*. Ce texte lucide n'avait pas encore lavé mon aïeul d'une partie de mes inquiétudes.

À Vevey, je passe donc mes nuits à sonder les archives de Jean, empaquetées dans des cartons que j'éventre avec des bouffées de crainte. Que vais-je découvrir ? À la lampe de poche, je consulte les documents les plus décousus, sans bien saisir ce qui peut les relier. Me passent entre les doigts des discours nauséabonds de Laval à ses préfets au sujet *des juifs apatrides*, un rapport des services de renseignements d'Alger curieusement installés par Jean dans l'ambassade de Vichy à Berne, la dernière lettre de Pierre Laval expédiée au Nain Jaune (tapée à la machine sur des feuilles en soie que l'on cousait à l'intérieur des vestons, en cas de fouille), des carnets de rendez-vous où se bousculent des noms évidemment codés (Lucrèce, grosse Bertha, etc.). Quel *double jeu* jouait-il ? Lui qui refusa toujours ces termes qui sentent la trahison et qui, disait-il, blessaient son honneur ; lui qui, avec une dangereuse naïveté, crut aider la France en appuyant tous les Français ou presque. Et soudain, je mets la main sur… une liasse de feuillets à en-tête du Cabinet du chef du gouvernement sur lesquels figurent des sommes d'argent et des noms. Je dérobe le tout et, de retour à Paris, déboule sous les lambris de Soko, l'acolyte prosoviétique de Jean, afin qu'il fasse parler ces papiers énigmatiques.

Soko me reçoit dans son domicile de la rue du Bac, à Paris. Le lieu est infesté d'éditions rares de philosophes marxistes et d'icônes devant lesquelles il laisse se consumer de soviétiques bougies. Je lui tends les documents jaunis.

— C'est quoi, ces papiers ?

— L'attribution des fonds secrets de Vichy, me répond-il sans hésiter.

— Tous ces gens nommés… c'est qui ?

Avec gourmandise, Soko me détaille le profil des récipiendaires et j'apprends, avec stupeur, que toutes sortes de mouvements hostiles à Pétain ont reçu jusqu'à des dates tardives de l'argent noir vichyste, y compris les moins attendus. Les réseaux communistes ne furent pas les derniers. Je m'en étonne à voix haute, bredouille quelques objections. Soko m'explique alors que tous les régimes – l'État français collaborateur compris – ont besoin de financer leurs adversaires (apparents ou réels) pour demeurer en relations avec eux :

— Tant que tu payes, tu communiques. Le jour où ton ennemi refuse vraiment ton argent, tu as un problème. Songes-y, petit. Quant à ces papiers, il vaut mieux que je les garde ici… Laisse-les moi.

Ce jour-là, à quinze ans, j'apprends bien des choses sur l'art réglé du renseignement ; mais Soko reste sec sur ce qui me tourmente vraiment : l'énigme de la déportation. Que savait Jean ? Ou plutôt, qu'a-t-il voulu ne pas savoir ? Si quelqu'un pouvait obtenir des fragments d'informations en France, c'étaient bien les hommes tels que lui, ceux qui ondoyaient dans toutes les tractations…

Cette question me taraude jusqu'au printemps 1981, année où surgit à la Mandragore l'inénarrable Gigi, illusionniste de son état, vénitien convaincu et ami fidèle de mon oncle Merlin. Les deux compères reviennent d'Angleterre où ils ont assisté à l'une des plus insolites ventes aux enchères d'Europe. Une fois l'an, à Londres, l'élite mondiale des professionnels de la magie se réunit dans une salle de Chelsea, à huis clos, pour acheter et vendre à la bougie les tours les plus virtuoses. Les enchères peuvent atteindre des zéniths pour acquérir les meilleurs trucages. Et cette année-là, Gigi vient justement de s'offrir une incroyable *machine à faire parler les morts* grâce à laquelle il compte bien regagner les faveurs du public transalpin. Exalté, le magicien d'aspect gothique se propose de nous en faire une démonstration.

— Qui voulez-vous faire parler ? nous

demande-t-il au petit déjeuner, perché sur ses hanches.

— Le Nain Jaune, ai-je répliqué avec autorité. Si personne n'y voit d'inconvénient…

Zouzou et l'Arquebuse opinent du bonnet.

Quarante-huit heures plus tard, Gigi réunit les double-rate dans l'obscurité autour de la table de notre salle à manger. Gabriel et Merlin sont là, bien entendu. Une lumière éblouissante nous enrobe, suivie d'un noir total. Surgit alors, au milieu du plateau en acajou de la table, une tête lumineuse de Jean Jardin qui semble… vivante. L'artifice visuel est saisissant. Zouzou pousse un cri, suffoque, exige que l'expérience cesse aussitôt ; mais l'Arquebuse calme ses nerfs et ordonne la poursuite de cette rencontre pour le moins étrange.

— Qui souhaite poser la première question au Nain Jaune ? demande alors Gigi.

— Moi.

— Vas-y Alexandre…

À toute allure, je débite :

— Quand tu étais à Vichy, savais-tu où se rendaient les juifs déportés ? Et quel sort les attendait ? Pourquoi le gouvernement de Laval avait-il réuni les parents et les enfants ?

Avez-vous cru à ces fameux *camps de travail* en Pologne ? Si oui, pour quelle raison avez-vous accepté d'y expédier les bébés et les vieux qui, eux, ne pouvaient pas travailler ?

Un silence s'abat.

Le spectre de Jean ouvre la bouche, tente d'articuler un mot ; puis la machine se bloque. Furieux d'avoir payé le prix fort à Londres, Gigi déclare avec dépit que l'appareil se détraque tout le temps. Mais il promet, à l'issue d'une journée de réglages, de recommencer dès le lendemain. On l'imagine, cette séance de magie n'eut jamais lieu... L'esclandre familial fut complet. On me tança. Mes oncles trouvèrent du plus mauvais goût que j'aie osé évoquer la Shoah dans un contexte aussi farfelu. Ils n'avaient pas tout à fait tort : le soleil noir de l'Holocauste se marie mal avec les divertissements de foire. Mais cette question me brûlait tant et la figure de Jean, animée de façon prodigieuse, m'était apparue soudain si réelle... Je voulais que mon grand-père hurle la vérité, une fois pour toutes, qu'il la régurgite ; quitte à me défoncer l'esprit de vérités insoutenables.

L'été suivant, j'invite à la Mandragore Nathalie W., mon premier grand amour, un très charmant prologue. L'Arquebuse nous a promis le petit cabanon, au fond du jardin. Mes seize ans lui paraissent un âge tardif pour étourdir le cœur d'une jeune fille. Mais Nathalie a une mère adoptive, Mme W., qui connut l'irréparable : elle fut déportée à Auschwitz-Birkenau au début de son adolescence. Et Mme W. – à qui je voue une très tendre admiration – doit accompagner sa fille à la Mandragore le 15 juillet. Naturellement, j'informe l'Arquebuse de la jeunesse de la maman de Nathalie.

Le jour dit, j'attends ma belle avec impatience en ayant, pour la première fois, honte de mon patronyme. Quels qu'aient pu être les courages personnels de Jean – certainement plus nombreux et réels que les miens – et ses ambiguïtés, je suis saisi de nausée dès qu'on évoque Vichy, ce régime criminel qui fut son choix d'homme libre. Comment Mme W. va-t-elle s'y prendre pour déposer sa fille au domicile du chef de cabinet de Pierre Laval ? Afin qu'elle y aime son petit-fils... ce qui témoigne d'une certaine largesse de vues, on en conviendra.

La voiture des W. pénètre dans la cour, fait gémir le gravier. Mon ventre me torture. Ses parents vont-ils laisser Nathalie me rejoindre seule ? Et se carapater ? Accepteront-ils seulement de serrer la main de l'épouse de Jean Jardin ? S'ils pénètrent dans la maison, l'Arquebuse saura-t-elle rester naturelle, se composer une attitude spontanée ?

Mme W. s'extirpe de son automobile. Elle porte un chemisier à manches courtes qui laisse voir son numéro de déportée, tatoué à l'encre bleue sur son avant-bras. Ce choix vestimentaire est-il dû uniquement au temps ensoleillé ? Je m'avance vers elle. Nous nous embrassons et sommes alors transpercés tous deux par une émotion fugace. Je ne sais que lui conseiller : entrer ? Filer ? J'estime tant cette femme... Stupide, je voudrais la guérir de ses seize ans, m'excuser. Quelle souillure soudain de porter les couleurs des double-rate. Nathalie me prend alors par la main et suggère à sa maman de nous suivre. Y a-t-il aussi chez elle de la provocation ? Sa mère consent à nous emboîter le pas...

Rien ne se passa comme je l'avais imaginé.

L'Arquebuse, Mme et M. W. prirent le thé en échangeant des propos affables. Seul le père de Nathalie se montra plus réservé. Pour le reste, ce fut un assaut permanent de bonne humeur, de rires. On rendit même visite à l'espiègle corbeau qui accompagnait ma grand-mère lors de ses promenades matinales au bord du lac. L'art du délayage atteignit son paroxysme. Je ne voyais que le tatouage bleu ; Nathalie semblait espérer un éclat, une brisure. Elle et moi ne pûmes rien avaler. Bizarrement, la situation ne parut insoutenable qu'à nous deux...

Quelques mois plus tard, je poussai l'insistance jusqu'à demander à Mme W. de me conseiller un ouvrage sur la déportation. Elle hésita, se tourna vers sa bibliothèque et me tendit un épais volume traduit du russe, *Sous le ciel de la Kolyma.* Je risquai un coup œil sur la quatrième de couverture et compris aussitôt qu'il s'agissait d'un témoignage sur le goulag sibérien. Très mal à l'aise, craignant qu'elle n'ait pas saisi le sens exact de ma question, je lui fis observer que ce document ne concernait pas les camps nazis. Livide, j'étais superlativement gêné. Elle me répondit alors, en appuyant sur chaque mot :

— Tu m'as demandé un bon livre sur *les camps*... C'est un excellent livre.

Me prêta-t-elle cet ouvrage par délicatesse, pour me préserver ? Ou parce qu'elle le jugeait *bon* ? Je ne sais… Ses qualités de cœur m'inclinent à penser qu'elle ne voulut pas m'accabler.

Cette culpabilité de petit-fils de vichyste, je n'ai pas cessé de la porter ; elle est sans doute la cause directe de tous mes engagements associatifs actuels, publics et invisibles. Activités hélas rédemptoires… Comme si je devais quelque chose au genre humain, m'acquitter d'une dette immense contractée au-dessus de moi. Ce passif moral, cesserai-je jamais de le payer ?

L'orientation d'un Jardin

À dix-sept ans, le bac en poche, je bats le pavé de Paris en me demandant comment je vais bien pouvoir exister sans me décevoir. Orphelin de père, pressé de gagner ma vie, je ne sais trop vers qui me tourner. Mon oncle Merlin m'a déjà proposé de l'assister dans l'un de ses métiers fantasques : fabricant de *fantômes automates*. Vais-je prendre sa suite ?

Une clientèle fortunée du canton de Vaud lui confiait à l'époque la réalisation de robots censés remplacer une épouse décédée, une amante euthanasiée ou un défunt mari... Ces humanoïdes inquiétants – faits de résines souples – présentaient l'aspect du disparu, perpétuaient ses manies (de fumeur entre autres) et reproduisaient ses tics de langage. Mon oncle avait recours à des imitateurs pour ressusciter la voix des morts. Les derniers modèles possédèrent même une peau synthétique tiède, maintenue à trente-sept degrés Celsius. Ces spectres au sourire figé portaient les habits du ou de la trépassée, ses lunettes personnelles et même parfois son dentier ou sa perruque. De 1981 à 1992, Merlin fabriqua avec art sept de ces robots censés atténuer les inconvénients du veuvage. Mais, malgré mon désœuvrement, je ne me voyais pas lui succéder sur le marché – peu lucratif – du fantôme mécanisé.

Restait à réparer… Vichy.

Et, confusément, à poursuivre l'engagement radical de Philippe Landrieu, le grand-père de ma mère, qui fut longtemps administrateur de *L'Humanité*, du temps de son ami Jaurès. Mon aïeul dînait d'ailleurs au café-restaurant du Croissant avec le mentor du socialisme le 31 juillet 1914 lorsqu'il fut abattu à 21 h 40. La première balle, destinée au grand homme, perfora une joue de Landrieu ; il en garda les cheveux blancs. Les coups de revolver suivants privèrent la France et l'Europe de leur plus éloquent pacifiste. Par chance, elles épargnèrent mon arrière-grand-père ; ce qui me permit de venir au monde un demi-siècle plus tard. On l'imagine, ma grand-mère maternelle et sa sœur – toutes deux filles de Landrieu – m'abreuvèrent de récits héroïques sur la naissance du socialisme français. Se mêlaient dans ce lait idéologique des détails à propos de Jaurès (sa goinfrerie et son goût proverbial pour la tarte aux fraises), des confidences sur Mussolini et Lénine (qui, lors de leur exil français, se fréquentèrent assidûment et se disputèrent – paraît-il – les yeux d'une lingère aux tétons sublimes qui logeait boulevard de Port-Royal) et tout un lot de préceptes sur le genre humain qu'il convenait de *réaliser* et de *ne jamais compromettre.*

Vichy-Jaurès, curieux mélange qui coule dans mes veines… cocktail étrangement mitterrandien.

Je me rends donc chez ce cher Soko, à Paris, pour solliciter un conseil avisé :

— Pour devenir Emp… Président de la République, que faut-il faire ?

— Une école de renseignements, me répond-il sans sourciller.

Aussitôt, je proteste :

— Soko, je n'ai pas l'intention d'être espion, seulement Président.

— J'entends bien, soupire-t-il navré, mais l'initiation au renseignement me paraît être la base d'une excellente formation politique.

— Tu crois ?

— C'est évident. Regarde Gorbatchev, ils l'ont très bien éduqué. Le KGB, quelle école… En plus tu apprendras des choses fort utiles, surtout en temps de crise : se faire libérer de prison la nuit grâce à une intervention politique – sans se faire liquider en laissant croire que tu t'es évadé –, résister à un interrogatoire serré, nommer des hommes que tu contrôleras vraiment parce qu'ils auront commis assez d'infractions pour être tenus en laisse…

— Soko, je voudrais juste faire Président élu, pas barbouze, chef des honnêtes gens, mec bien quoi.

— Tu en auras parfaitement l'air si tu m'écoutes.

Perplexe, je lui pose alors une question d'ordre pratique :

— Où dépose-t-on son dossier d'inscription en septembre pour faire espion ? On s'inscrit à quelle adresse ?

— Tout d'abord on ne dit pas *faire espion* mais *s'élever au grade d'officier de renseigne-*

ment : tu auras un statut militaire. Ensuite il suffit d'entrer dans l'armée, ce qui reste à ta portée.

— Et toi, tu as suivi ce parcours ?

— Non, mais j'eus le privilège d'avoir un excellent précepteur à Genève, un internationaliste de cœur qui m'initia au marxisme dans le dos de mes parents, Russes blancs fort riches, que la Révolution avait hélas épargnés. Cet homme s'appelait Marcel Déat…

— Déat… le facho français ? Celui des années trente ?

— À l'époque, il était encore communiste. Mais en l'absence d'un Marcel Déat, je te conseille la filière des officiers de renseignement.

Telle fut mon unique séance d'orientation professionnelle ; qui ne servit à rien puisque, dans un élan déplorable de normalité, j'eus la faiblesse de m'inscrire à l'Institut d'études politiques de Paris. Soko en fut consterné… Il ne me parla plus qu'avec pitié.

Six mois plus tard, j'étais désespéré : une fois dans la place, je constatai avec désolation que Sciences Po ne menait pas au Pont d'Arcole mais, dans le moins déprimant des cas, à l'École nationale d'administration. J'avais fait fausse route. Un professeur de comptabilité à triple abdomen s'obstina à vouloir faire de moi un argentier respectable de la puissance publique alors que je ne désirais qu'une chose... réparer Vichy, désouiller mon nom et écouter Jaurès.

Qu'allais-je devenir ?

C'est à cette époque-là que j'ai le plus souffert de mon incapacité à me faire interner dans une banque ou une entreprise de brosses à dents. Science Po me comprimait. On ne m'y parlait que de *carrière* ; vocable qui me paraissait du tamoul. Je ne recherchais déjà que les monstres culottés, les soiffards d'imprudences, les amateurs de bordées inespérées : Talleyrand, Ibn Séoud, Livingstone, Julien Sorel, M. Luther King, Armstrong (celui qui eut rendez-vous avec la lune), Mendès France... Mais comment ce penchant vif pour l'exceptionnel allait-il me propulser un jour au lieu de m'esseuler ?

À dix-huit ans, être rempli de sang Jardin me paraissait une pénalité, un corset d'exigences. J'ignorais totalement l'art de frivoler sous les jupes des filles, de ruminer des slogans bêtifiants tout en obéissant à un ordre vestimentaire clodo chic ; bref j'étais incapable de me couler dans une conduite dite de *jeune.* J'aurais pourtant aimé lutiner des gourgandines, me promettre avec désinvolture à des étudiantes écolos en chandails et chavirer dans des draps toujours neufs…

Le couple d'en face

Comme tout double-rate, je n'eus jamais le droit d'aimer petitement. Séduire ? Pour ne pas démériter, j'avais le devoir de suborner mes proies en hissant le drapeau de l'originalité. Rompre ? Cet acte savoureux devait être exécuté avec hardiesse. Il me fallait crucifier ma victime de manière à rester *inoubliable*. Se montrer vexatoire passait pour un manque d'éducation. Sous ce rapport, aucun manquement n'était toléré par l'Arquebuse – ou par le Zubial d'ailleurs. Délaisser son amante sans lui instiller dans le cœur d'âpres regrets relevait à la Mandragore de la dernière marque de médiocrité.

Toute mon adolescence, j'avais assisté au spectacle des ex-conquêtes des Jardin qui venaient les unes après les autres se faire soigner l'âme à Vevey. Diligente, l'Arquebuse les recevait avec tact, qu'elles fussent ratatinées ou comblées de mélancolie. Elle traitait ces curistes d'un genre particulier – surtout les victimes du Zubial – en leur lisant à voix haute les romans auxquels elle prêtait des vertus hypnotiques. Ces séances bienfaisantes s'éternisaient au bord du lac, les soirs d'été, dans des balancelles en acajou. La pharmacopée littéraire de ma grand-mère variait selon l'ampleur des dégâts constatés et le profil de la victime (meneuse de revue de music-hall, putain arrachée à l'asphalte parisien, midinette vaudoise, syndicaliste encolérée, pieuse épouse de magistrat, etc.) ; mais dans l'ensemble, l'Arquebuse avait recours à de puissantes potions : entendez ces textes au débit amazonien qui inondent l'esprit, dissolvent les idées fixes et entraînent irrésistiblement vers d'autres pensées (*Oraisons* de Bossuet, l'*Iliade* et l'*Odyssée*, le *Mahabharata*, etc.). Il fallait au moins ce type de remontant ; car le plus souvent, les Jardin avaient fait découvrir à ces émouvantes un morceau de ciel et les avaient convaincues que l'amour idéal restait une option. Rares étaient les malheureuses qui s'en remettaient ; malgré la qualité des ouvrages curatifs et la posologie en usage.

Je savais donc que, moi aussi, il me faudrait devenir un amant ambitieux. Mais, inquiété par les zigzags de mes parents, j'eus très tôt à cœur de m'assigner un chemin rectiligne, celui de la fidélité incoercible. À dix-huit ans, j'avais donc résolu de fixer *jusqu'à ce que mort s'ensuive* mes désirs et mes desseins sentimentaux sur une jeune fille de dix-neuf ans qui en valait vraiment le coup. H. était aussi peu Jardin qu'il est possible de l'être. Provinciale de naissance, authentique fille de notaire, délicieuse catholique, elle réunissait toutes les qualités d'une parfaite anti-Jardin. Ses séductions et qualités de tempérament m'encouragèrent dans ma voie. Très épris, je l'épousai en blanc et sans délai. Ma feuille de route était claire : en digne fils du Zubial, j'avais l'obligation morale de déployer du génie dans notre vie conjugale et, éventuellement, de saupoudrer un peu de talent sur mes autres activités (jugées par l'Arquebuse sans intérêt notable).

Or je n'y parvins pas ; ce qui ne laissa pas de me déconcerter. En effet, avec une ingénuité étonnante, je m'étais toujours figuré que je saurais tenir en échec l'usure des sentiments et redonner chaque soir de la verdeur à mon mariage. Envisager le moindre fléchissement érotique me paraissait l'amorce du scandale. Bizarrement, je pensais qu'une passion pouvait se soutenir par les moyens qui l'avaient fait naître…

Cependant, loin de me résigner à n'être finalement qu'un amoureux subalterne – comme la plupart des hommes –, je convertis mes rêves en une fringale d'écriture. À défaut d'ensorceler ma propre femme que je décevais, je subjuguerais une lectrice… imaginaire. Coûte que coûte, j'entendais fréquenter mes chimères. Moins je m'en approchais *pour de vrai* plus je publiais, plus s'affirmait ma théologie conjugale. Mes héros virevoltants me remboursaient de mon amertume de n'être qu'un petit époux. Des nuées de bouquineuses m'imaginaient improvisant une cour éternelle, l'œil rivé sur un profil unique, bondissant à tout instant audevant des aspirations secrètes de ma moitié. À la vérité, j'étais un bonnet de nuit.

Hélas, mes romans – aussi sincères que mensongers – ne suffirent bientôt plus à me consoler de mes carences. Sur la fin, d'autres regards de femmes rencontrèrent le mien : je tentai de sublimer ces accidents, en dépit de mes convictions monogamistes. Il y eut des voyages adultères autour de la terre, des équipées dans d'autres fuseaux horaires, des retrouvailles clandestines et souvent absurdes. J'exigeais sans cesse de l'extase et relisais Musset à chaque décollage d'avion. Stendhal me soutenait dans les trains. Aragon me donnait le la lorsque j'étais éconduit. Je désirais moins de frénésie pénétrante que d'ardeur sentimentale, plus d'émoi que de peau. Mais ma vie ne cessait de me désappointer : pour tout dire, j'étais moralement nauséeux. L'infidélité m'allait si peu au teint...

Trentenaire, je ne guérissais pas d'être Jardin et d'espérer ma part d'infini. De toute façon, avec H. cela devenait vain d'espérer un supplément d'avenir. Nos années conjointes tiraient à leur fin. Nous étions trop nombreux dans notre lit : elle, moi, ce que nous aurions pu être, celui que je rêvais de devenir, celle qu'elle s'imaginait être... Et puis, un jour survint L., l'unique femme qui soit parvenue à me faire raffoler du réel, la seule qui me donna le goût d'être autre chose qu'un Jardin : moi peut-être. Loin de courir derrière un idéal avec L., je me mis alors à trouver idéal de vivre dans son regard. Je changeai de focale. J'étais fou de son talent pour le bonheur, sans éprouver le besoin maladif de la rêver ou de lui prêter des qualités fictives. Ensemble, nous n'étions que deux : elle et moi. Quelle détente… et quelle joie ! En somme, je l'aimais.

Je quittai mon foyer en décembre 1999.

Alors se produisit un curieux retournement.

Je recevais encore à l'époque, à intervalles réguliers depuis 1986 (année de la parution de *Bille en tête*), des lettres flamboyantes d'un certain Ferdinand P. qui faisait de mes livres un usage bizarre. Ce jeune homme sagace et prodigieux, que je ne connaissais qu'au travers de son courrier, aimait depuis treize ans sous l'influence directe de mes romans. À chacune de mes publications, Ferdinand s'était efforcé de vivre avec sa fiancée – devenue son épouse – l'intégralité (ou presque) des scènes que j'avais imaginées. Mes héros guidaient ses initiatives. Toutes ses économies étaient investies dans ses reconstitutions pointilleuses de mes chapitres. Il n'était donc pas *un* lecteur mais *mon* lecteur, celui que je téléguidais malgré moi en écrivant. Durant toutes ces années, lorsque je finissais un texte, je craignais que ce Ferdinand audacieux ne le suive à la lettre. Intimes sans nous fréquenter, nous étions portés par les mêmes rêves. Mais lui osait s'aventurer dans les situations que je me contentais de concevoir. Ferdinand et sa femme Elsa formaient à mes yeux un énigmatique *couple d'en face*, vivante critique du mien, une sorte de duo expérimental chargé de triompher là où je trébuchais.

Or je reçus une courte lettre de Ferdinand le jour où je fis mes valises. Pour la première fois, l'énergumène me priait de le rencontrer. Le soir même, nous dînions ensemble. En pénétrant dans le restaurant, je le reconnus illico : un faux air de double-rate flottait sur ses traits. La lueur de sa prunelle signalait qu'il était de ces exaltés qui ont la force de la ligne droite. Aussi demeurai-je dérouté par sa première phrase :

— Je suis las d'imiter vos héros, me lança-t-il sans préambule.

— Tant mieux, vous n'aurez plus à le faire : je viens de rompre avec ma femme.

— Nous sommes synchrones ! s'exclama-t-il avec satisfaction. Mais en sens inverse…

— Que vous arrive-t-il ? lui demandai-je.

— J'entretiens une liaison dévorante avec ma belle-mère depuis six mois. La mère d'Elsa.

— Vous ? m'étonnai-je.

— Et ça n'est qu'un début. Il y a trois semaines, mon épouse nous a surpris en train de forniquer sur une balançoire. Elle a pris les choses sans humour et m'a quitté pour un barbu. Dans la foulée, j'ai entamé une liaison avec l'ex de son amant.

— « L'ex de son amant »... Vous voulez dire l'ex du barbu ?

— Oui.

— Je m'y perds un peu...

— Nos couples ont permuté. Quel cirque ! Dès que je confie le moindre mot à Elsa, elle le répète au barbu qui en fait part à son ex qui me le rapporte aussitôt. Un cauchemar...

— Pourquoi souhaitiez-vous que j'en sois informé ?

— Parce que je suis *votre lecteur* : c'est de votre faute. Trop de pureté, ça se paye un jour ou l'autre. Vous le verrez, vous aussi.

Hélas, Ferdinand eut raison.

Par un étrange effet de miroir, je devins peu de temps après le double involontaire de ce furieux. Je connus en effet trois années de désordres, une addition d'imbroglios jardinesques qui me projetèrent aux antipodes de mes romans. Verdelot me revint soudain en pleine figure. Inspiré, *le lecteur* montra cette fois le chemin à *l'auteur*. Et quel chemin ! Du jour au lendemain, je fus catapulté dans des chapitres de Pascal Jardin. Adieu *Fanfan*, *Le Zèbre*, *L'Île des Gauchers* ; bonjour *La Guerre à neuf ans*, *Guerre après guerre*… Le troubadour du romantisme acidulé se trouvait tout à coup plongé dans une littérature hantée de mauvais sentiments.

Sur le moment, j'eus la sottise de juger les égarés qui m'environnaient. Quelle erreur… En amour, ça se joue par-delà le bien et le mal. Et puis, j'appris par la suite qu'on a presque toujours tort de prêter des pensées aux autres : ils ne sont plus alors que le reflet de nos effrois. Trois hivers plus tard, je sortis pantelant de cette corrida postmariage, moins bardé de certitudes, plus touché par les tâtonnements des êtres. Sait-on jamais par quelles étapes vertigineuses doivent passer les hommes et les femmes pour deviner un jour leur vérité ?

Zouzou m'a dit

Je confie les pages précédentes à Zouzou. Elle les lit hâtivement et me lance :

— Tu comptes publier ça ?

— Je ne veux plus mystifier. Sinon, je finirai fantoche.

— Tes lecteurs, ou lectrices, vont être déçus… Même si tu ne fais que suggérer tes imbroglios.

— Tant mieux ! Je brûle qui j'ai été pour mieux naître encore une fois.

— Faut-il vraiment porter la plume dans ces plaies-là ?

— Faut-il avoir honte de soi ? Ou revendiquer son chemin ?

— Et tes enfants ?

— Les enfants ont besoin de parents réels, fiables, qui ne craignent pas les cadavres dans les placards. Le silence, ça empoisonne les familles... Ce bouquin doit nettoyer l'avenir.

— Et Pierre ?

— Je souhaite à tout le monde de devenir ce qu'il est aujourd'hui : un succès, un homme debout qui a surmonté sa jeunesse.

— Et ton frère ?

— Pourquoi cacher son courage ?

— Et ton ex-femme ?

— H. a, je le crois, souffert d'être idéalisée. C'est un jeu d'une détestable cruauté... Le temps est peut-être venu, pour elle aussi, d'être réelle... disons normale.

— Comme moi ? chuchote Zouzou en pâlissant.

Comment être normal ?

Longtemps je me suis efforcé de paraître lisse : effort exténuant. Si je cessais une seconde de surveiller mon tempérament, j'avais la trouille de dériver loin de l'univers de ceux qui croient à la réalité du réel. En public, je m'attachais donc à prendre des airs d'écrivain acclimaté à son temps et des mines de gendre accompli. Correct en toute circonstance, je gommais de ma conduite tout ce qui pouvait laisser penser que je subissais les effets délétères de ma double rate.

Personne ne peut imaginer le dérèglement véritable des mœurs des Jardin. Révéler d'emblée toute la vérité aurait semblé peu plausible ; il me fallait d'abord lester la nacelle, donner un peu de réalité à nos décors, afin de ne pas passer pour une sorte de doux dingue au pays des merveilles (ou des monstres).

On l'aura deviné, le personnage le plus *naturellement romancé* – source véritable de notre liberté – était bien entendu l'Arquebuse, ardente consommatrice de chair canine, de crapauds farcis, de bouquets de roses et de fromage de femme. J'ai déjà évoqué les préservatifs en boyaux de porc que cette druidesse confectionnait elle-même, rituellement au mois de juin, pour l'usage estival de ses petits-enfants. Ma grand-mère prétendait que le latex était un matériau malsain, alors que les segments d'intestin animal offraient, selon elle, des qualités naturelles flagrantes.

De même infligeait-elle à tous ses invités ses convictions médicales. Cette habitude lui venait de sa propre mère, l'épouse du Dr Duchêne, qui opéra souvent les patients du cabinet de son mari à sa place ; sans tuer plus de monde que lui. Au moindre toussotement, les visiteurs de l'Arquebuse étaient sommés de s'administrer de puissants lavements. Mieux valait donc éviter de se racler la gorge chez les Jardin… Chaque chambre de la Mandragore possédait d'ailleurs un crochet destiné à fixer la fameuse poche en caoutchouc que Zouzou remplissait d'eau brûlante ; réservoir qui se trouvait relié à l'anus des invités par un long tuyau équipé d'un petit robinet en cuivre. Le seul qui résista opiniâtrement à ces pratiques fut Maurice Couve de Murville, rétif sur ces questions-là et immensément inquiet lorsqu'on évoquait sa vie intestinale. Les autres, moins coriaces, consentirent – souvent de mauvaise grâce – à s'introduire dans le côlon les potions chaudes que ma grand-mère concoctait en cuisine. Nos hôtes les plus atteints (en cas de fièvre) se trouvaient contraints de circuler dans la Mandragore fesses nues sous un peignoir, afin que l'on plantât un thermomètre dans leur postérieur. De cette façon, l'Arquebuse pouvait disposer à tout instant d'une courbe de température fiable. Également adepte de la surveillance continuelle, le Zubial avait importé cette habitude salutaire à Verdelot. Mais il manquait singulièrement d'autorité péremptoire pour l'imposer à ses amis ; celle de l'Arquebuse n'était pas arrivée jusqu'à lui.

Lorsque ma grand-mère fut opérée de ses vieilles hanches – et qu'elle fut donc cernée à l'hôpital par des médecins authentiques – ce fut jardinesque. L'Arquebuse voulut bien jouer la gisante disciplinée dans un service vaudois, mais à la condition expresse de pouvoir remplir à toute heure ses artères de cholestérol. Elle renvoya illico le plateau-repas réglementaire et commanda à Zouzou un cygne rôti agrémenté de beignets de fleurs de courgette : il lui fallait nourrir sa propre personne et son ténia, ne l'oublions pas. Habituée à régner, elle convoqua sa cour à l'hôpital. Le fidèle Yves Salgues rappliqua, escorté de ma cousine rêveuse. Suivirent un rabbin aux yeux profonds comme des puits qui entendait l'initier à la kabbale, mon oncle Gabriel (plus calme) escorté d'un moine anglican, quelques hommes politiques flanqués de nymphettes complaisantes et… moi.

— Mon chéri, me confia-t-elle lorsque nous fûmes enfin seuls, si je devais périr au cours de cette opération, promets-moi que Zoé me survivra… Tu sais combien je suis attachée à ce ver délicat.

— Mais… hésitai-je, si tu devais… partir, où mettrait-on ce ténia ? Ou plutôt… chez qui ?

— Dans ton propre ventre… me répliqua-t-elle avec fermeté. Je te demande cela à toi, car ton père n'est plus là. Promets-le-moi, mon amour.

Pourquoi ai-je répondu *oui* ? Sans doute la détresse de l'Arquebuse me toucha-t-elle ; et puis, faut-il l'avouer, je fus flatté d'être considéré par la papesse des Jardin comme un digne substitut du Zubial. Pourtant, je ne me voyais vraiment pas élever un animal domestique dans mes entrailles... fût-il un legs de ma grand-mère et eût-il déjà séjourné dans les viscères de Zouzou. Émue par mon acquiescement, elle me murmura alors que cette adoption – si elle avait lieu – me donnerait l'opportunité de pouvoir renoncer à mon *je* pour dire *nous* à mon tour :

— Grâce à Zoé, tu te trouveras vacciné contre tout sentiment de solitude... Plus tard, tu me remercieras.

L'excentricité radicale de l'Arquebuse n'était pas un cas isolé. Tous les double-rate cultivaient des manies fantasques. Merlin ne prenait jamais de bain. D'une hygiène irréprochable, ce gaucher-miroir se lavait debout face à une glace en se projetant sur le corps des serviettes trempées, sans jamais frôler sa peau et en s'abstenant toujours de se sécher : il toilettait ainsi son image inversée. Cette opération hâtive était habituellement accompagnée de chants grégoriens qu'il beuglait avec foi. Au petit déjeuner, on le voyait ensuite débarquer vêtu de frais mais… trempé. Sa chemise propre collait à son torse d'athlète ; elle séchait ainsi chaque matin en moulant sa musculature. Passionné d'inaction, mon oncle se lançait alors dans d'étonnantes élucubrations où il était question de restaurer l'empire zoulou, de fonder un phalanstère familial près du Vésuve et de dissoudre le franc dans une devise mondiale, sorte d'espéranto monétaire qu'il entendait imposer à l'univers. Mon frère Emmanuel, lui, errait pendant ce temps-là dans les escaliers en déclamant ses sonnets aux femmes de ménage hispanophones, avec la ferveur inquiétante d'un Shelley armé d'une raquette de squash. Au même instant, mon cousin Stéphane graissait son fusil d'assaut de l'armée suisse ; au cas où l'Arquebuse lui aurait déniché un premier contrat de liquidateur. Quant à mon oncle Gabriel – que nous appelions parfois l'Ange Gabriel en raison de l'étendue de ses relations ecclésiastiques –, il lisait toujours le même quotidien en prenant son café le matin, avec une exaltation inouïe : la *Feuille d'avis de Vevey*, seul organe de presse au monde qui ne s'inquiète jamais de rien et qui célèbre à longueur de colonnes la placidité souriante de ses concitoyens. Cette tisane vaudoise l'apaisait.

Heureusement, Zouzou veillait au grain. Elle m'évitait par ses conseils avisés de sombrer dans un ridicule qui aurait sans doute achevé de me discréditer aux yeux de mes contemporains :

— Alexandre, cesse de dire en public *quand je serai Empereur*, ça ne se fait pas.

— Merlin est pourtant d'accord.

— Merlin, c'est Merlin… soupirait-elle. Et évite également de répéter à n'importe qui *quand je serai célèbre, l'année prochaine*… Tu te déconsidères.

— Verny est pourtant d'accord : normalement, je serai célèbre l'année prochaine. Mon premier roman sort en septembre. En octobre, c'est plié. Tout est écrit.

— Ton livre est écrit ?

— Non, pas encore. Mais j'ai déjà le titre : *Bille en tête.* Le ton est donné. Ne manque plus que le texte…

— C'est qui cette… Verny ?

— Mon éditrice.

— Tu as une éditrice avant d'avoir le livre ?

— Oui.

— Une vraie éditrice ?

— Elle en a l'air...

— Alors retiens-toi de dire des choses comme ça devant elle, ça ne se fait pas.

Zouzou nourrissait une vive aversion pour nos divagations.

Mais il y avait un jeu qu'elle abhorrait par-dessus tout : nos fameux *dîners de normaux*, sorte de compétition un brin sadique où chaque double-rate se permettait d'inviter un convive tragiquement standard. En fin de soirée, nous élisions non pas le plus con – comme dans la fameuse pièce de théâtre –, mais le plus fade, l'Empereur de la banalité. Cet amusement bon enfant avait le don d'encolérer Zouzou qui y voyait une marque de suffisance. Ces inodores n'avaient-ils pas le droit de bêler des jocrisses en paix, de vivre à la queue leu leu et de se fondre dans une collectivité nombreuse ? Peut-être n'avait-elle pas tort...

L'effrayant homme normal

Un soir de septembre, en 1992, nous attendions à dîner le finaliste de l'été : un authentique génie de la platitude répondant au nom de Séraphin P. Cet insipide remarquable ne prononçait pas un début de phrase que nous ne puissions terminer, n'émettait pas d'indignation ou de cri d'admiration qui ne fût absolument prévisible. Séraphin avait une gueule de statistique. Lorsqu'on consulte d'austères études sociologiques, on se demande toujours à quoi peuvent bien ressembler les individus qui correspondent aux moyennes : eh bien, à Séraphin P. ! Il était l'effrayant *homme normal.*

À l'époque, Séraphin tentait d'élever deux rejetons téléphages, ouvrait avec peine un livre et demi par an, s'accommodait d'une épouse inoffensive et caressait des rêves qui nous laissaient pantois : tout son être aspirait à l'acquisition d'une télévision géante. Ses émotions les plus tranchées se résumaient d'ailleurs à celles que lui dictait l'actualité. Bien entendu, ce cadre de chez Nestlé culbutait de temps à autre sa secrétaire et s'apprêtait à ne jamais quitter sa femme, tout en jurant le contraire. Lauréat toutes catégories, il macérait depuis dix-sept ans au siège veveysan de la multinationale, dans ces bureaux intermédiaires où l'on médit jusqu'à plus soif de ses supérieurs, tout en méprisant la piétaille subalterne. Supplanter son voisin de bureau par la grâce d'une promotion mirobolante – qui lui aurait permis de se donner tout entier à la prodigieuse aventure de changer d'étage – l'aurait comblé d'aise. Catholique aussi peu pratiquant que praticable, il ne songeait à Dieu que le soir de Noël ou lorsqu'il parcourait les rubriques nécrologiques de la presse helvétique. Chargé de lard mais point trop, astigmate dans les normes, Séraphin s'entraînait chaque jour à vieillir et jouissait d'une constitution anodine qui lui promettait de mourir ponctuellement à l'âge où le Suisse moyen succombe d'ennui : 78,3 ans.

Malgré cela, les miens aimaient assez ce personnage académique pour le recevoir seul ; surtout lorsque, confrontés à une difficulté *réelle* (le mot horrible !), les double-rate souhaitaient consulter un citoyen régulier. L'avis des normaux nous importait dans ces moments critiques. Celui-ci nous plaisait tout particulièrement car il s'exprimait dans un style intermédiaire entre celui des polytechniciens rancis et celui de la Bible. Et puis, ce fâcheux était un changement. De surcroît, tout ce qui pouvait aimer chez Séraphin s'était abattu, pour ainsi dire, sur la famille Jardin. Collectivement, nous étions devenus en quelque sorte la proie de son cœur. Habitué à stagner dans tous les rez-de-chaussée de la vie, sans doute nous regardait-il comme un dernier étage attrayant et lumineux, un palier inespéré où soufflait une brise de liberté ; même s'il craignait l'exagération comme le pire des vices. Je le soupçonne même d'avoir déjà rêvé de mettre nos folies en équations…

Ce soir-là, Séraphin rappliqua à la Mandragore en catimini, comme on s'encanaille. Il avait fait croire à son épouse qu'un repas d'affaires le retenait… Dans sa hâte lourde, le hâbleur s'était fait beau : fagoté de façon solennelle, il était sublime à force d'être quelconque. On s'en doute, notre jeu favori était de tenter de le faire dérailler... de le *dénormaliser.* Au grand dam de Zouzou, toujours prête à nous calotter si nous exagérions.

L'Arquebuse l'attaqua sans ménagements, après lui avoir servi un alcool radical destiné à dissoudre sa réserve pincée :

— Mon bon Séraphin, avez-vous jamais désiré votre belle-mère ? Répondez-moi, sans vous sentir obligé de nous dire la vérité...

— Ah, ça non, madame Jardin ! repartit-il en rougissant. Si l'on pose l'hypothèse qu'une telle femme ne se convoite pas sans dégâts, mieux vaut exclure ce type d'erreur. Bas les papattes devant la maman à ma femme !

— J'en conclus que vous l'avez peut-être reluquée, puisque je vous ai autorisé à mentir... rétorqua l'Arquebuse. Si c'est le cas, je vous félicite, vous mentez très bien !

— Il est dit « tu ne mentiras point », alors je m'abstiens. Séraphin ne ment jamais !

— Cher ami, coupa Merlin, dites-moi plutôt ce que vous pensez de notre projet...

— De *ton* projet ! rectifia l'Ange Gabriel courroucé.

— Quelles sont les données ?

Avec une gravité d'illuminé, Merlin révéla à Séraphin sa dernière trouvaille pour tirer la famille Jardin de sa gêne financière – qui ne cessait d'empirer depuis la mort du Nain Jaune. Nous n'étions pas totalement impécunieux puisque nous possédions encore un tableau d'une grosse valeur – un sublime Vuillard – dont Gabriel entendait tirer un prix suffisant pour faire vivre pendant de nombreuses saisons cette tribu peu portée sur les activités lucratives. Mais, amoureux de cette toile, le sentimental Merlin ne se résolvait pas à s'en défaire. On ne quitte pas une œuvre majeure ; question d'éthique. Aussi projetait-il de cambrioler nuitamment la Mandragore, avec l'aide diligente de l'Arquebuse. Plutôt que d'envisager l'exercice d'une profession quelconque, Merlin avait formé le périlleux projet de voler le Vuillard et de se le faire rembourser rubis sur l'ongle par notre compagnie d'assurances.

— J'ai lu assez de Conan Doyle pour savoir par quel procédé on peut commettre un larcin sans laisser de trace, conclut l'Arquebuse avec majesté.

— Mais si maman, objecta Merlin, il faut justement laisser des traces si nous voulons être remboursés…

— Toujours est-il qu'en suivant à la lettre les recommandations de l'excellent Sherlock Holmes, poursuivit-elle, nous pourrons continuer à jouir de cette œuvre dissimulée chez des amis, chez le fils de Charlie Chaplin par exemple, tout en retrouvant des disponibilités, voyez-vous…

— Qu'en dites-vous, Séraphin ? reprit Merlin, enchanté de son idée.

— Dites-leur que ce projet est absurde ! s'exclama Gabriel ulcéré. Et puis les Chaplin n'accepteront jamais…

— Nous le confierons alors à l'un de tes amis vêtus de bure ou à l'une de tes relations mitrées, suggéra Merlin jamais à court d'idées. Personne n'ira jamais chercher cette toile dans un évêché… ou à Rome !

Ingénieur et juriste de formation, peu enclin à se poiler lorsqu'il était question d'argent, Séraphin P. demeura coi : le sérieux de l'exposé l'avait sidéré. Comment ces gens – les doublerate – qui n'étaient pas acéphales pouvaient-il préméditer *pour de vrai* une bêtise pareille ? En l'en informant avec décontraction ! Poliment, l'*homme normal* détailla alors les mille périls auxquels les Jardin s'exposeraient s'ils décidaient de s'engager sur le chemin fâcheux de l'escroquerie. Et les risques inconsidérés que nous ferions courir à la famille Chaplin ou à un prince de l'Église en les impliquant dans cette histoire guignolesque. Mais l'Arquebuse fit de la résistance : elle cita abondamment Conan Doyle et Agatha Christie, invoqua même le savoir-faire d'Arsène Lupin (personnage qui paraissait réel dans son esprit). Merlin s'indigna également qu'il nous faille composer avec un Code civil helvétique désuet, écrit sans lyrisme aucun. Était-il raisonnable de trembler face à d'aussi piètres auteurs ? D'abdiquer devant une prose si fastidieuse, d'esprit si provincial ?

J'étais déjà habitué à ce genre de refus instinctif des contraintes auxquelles se résigne le genre humain ; mais la scène prit brusquement un tour pittoresque lorsque Séraphin lança avec candeur :

— Je vois bien une autre solution, moins hasardeuse...

— Laquelle ? reprit Gabriel soudain intéressé.

— Vous pourriez... tous *travailler*.

L'assistance frissonna. L'outrecuidant venait de prononcer le grand mot, le verbe odieux : *travailler*. Chacun trouva cette suggestion malséante, voire obscène. Travailler... pourquoi pas se prostituer ? Autant envisager le suicide sans délai, initiative nettement plus distinguée. Travailler... Quelle mortification !

Alors, blessé dans sa fierté, l'*homme normal* se rebiffa. Séraphin osa nous assener ce qu'il pensait : son métier était sa fierté, notre faim d'oisiveté un anachronisme. Et notre mépris pour les tâcherons une honte. Pour la première fois, il fit de sa médiocrité une vertu et de ses valeurs un drapeau. Cet homme avait un idéal : celui des fourmis. Il afficha sans complexe sa foi dans le labeur, une foi simple qui était à Séraphin P. ce que le vice était à Y. Salgues. Muette, Zouzou jubilait. Enfin quelqu'un jetait quelques vérités à la face des double-rate !

Mais elle n'était pas la seule à se délecter. La sortie sincère de Séraphin me resta et me donna définitivement envie de *ne plus être un Jardin*. Je me promis ce soir-là de travailler un jour avec frénésie, de rallier le camp des laborieux et d'échapper ainsi au ridicule désœuvrement des miens. Je tirerais ma dignité de mes efforts, non de la cession d'une toile de maître, que je ne possédais d'ailleurs pas.

Un jour par semaine, cette excentricité virait à la complète démence.

Jamais le dimanche

Pour des raisons qui demeurent ténébreuses, l'Arquebuse imposait aux habitants de la Mandragore un puritanisme exacerbé du dimanche matin jusqu'à l'aube du lundi. Cette jouisseuse paraissait vouloir expier, le septième jour, ses péchés de la semaine. Notre maison se trouvait alors soumise à un ordre moral inédit... pour le moins décousu.

L'affaire était entendue : nous devions collectivement faire pénitence. Tout vice – encouragé les autres jours – était soudainement prohibé ; et nous avions à ce sujet de subtils débats pour déterminer ce qu'il était de bon aloi de tolérer ou de réprouver. Les livres dits de luxe étaient formellement interdits le dimanche (Proust, Cioran, etc.). L'espace d'une journée, nous étions tenus de bouquiner des auteurs de demiluxe ou de consommation courante. La censure, intraitable, était exercée par l'Arquebuse, mais l'application de ses oukases restait du ressort de Zouzou. J'avais cependant droit à la virtuosité souriante d'un Antoine Blondin, aux saillies de Guitry, aux vigoureux romans de Michel Déon, tous les écrivains nourrissants et toniques dont je raffolais.

Étrangement, les Jardin et leurs relations se coulaient avec docilité dans la peau d'observateurs stricts de ce sabbat très dominical. Le *règlement* en vigueur était un incroyable tissu de dispositions méticuleuses. C'est ainsi que la lecture était autorisée – avec les réserves que l'on sait – mais pas la musique ; le badminton se trouvait condamné, mais non le football jugé d'essence plus vulgaire ; la branlette passait à la rigueur, à condition qu'elle ne fût pas exécutée en duo ; la consommation de brioche fut toujours admise, mais celle de meringues à la crème était sévèrement proscrite ; l'usage des préservatifs – même en latex – faisait évidemment l'objet d'une interdiction rigide (si je puis dire). Dès le samedi soir, Zouzou était chargée de supprimer de nos toilettes les rouleaux de papier hygiénique ouaté et de les remplacer par des feuilles râpeuses : notre PQ dominical… Il ne fallait pas que l'on pût ce jour-là éprouver la plus légère volupté. Outragée par nos incartades, l'Arquebuse n'hésitait pas à tancer adultes et enfants, quel que fût le rang du contrevenant.

Du temps du Nain Jaune (avant 1976), cette dinguerie allait plus loin encore : les *gens de maison* de la Mandragore étaient servis le dimanche. Les Jardin se nippaient en valets de chambre ou en bonnes (à l'ancienne) et prenaient plaisir à inverser l'ordre social ; alors que ces *gens* auraient peut-être préféré que nous leur foutions la paix, l'espace d'une journée. Mes cousins et moi enfilions ces uniformes de la domesticité qui vieillissent si bien dans les antichambres du XVIe arrondissement de Paris. Accoutré d'un gilet rayé, je portais des petits déjeuners au lit à ces hommes et à ces femmes qui, les jours ordinaires, veillaient sur notre confort. Zouzou – entrée chez nous jadis en qualité de nounou, ne l'oublions pas – avait conservé ce privilège d'être *servie le dimanche* ; bien que son statut d'amante de mon grand-père (puis de son fils Merlin) l'eût élevée au rang de membre à part entière de notre famille. Gaillardement, l'Arquebuse prenait possession des cuisines dès le dimanche matin. Le Nain Jaune, dans une livrée impeccable, servait à table son valet de pied, avec une distinction qui n'était pas sans rappeler celle de Guitry dans certains films. J'apprenais ainsi que l'ordre social n'est qu'une pantomime, un théâtre hasardeux, et que la position de chacun n'est qu'affaire de distribution.

Curieusement, Jean Jardin – homme d'ordre qui n'avait rien d'un plaisantin – se prêtait à cette comédie édifiante pour les enfants. Il venait de cette France laborieuse qui souffre et ne voulait pas que sa progéniture se crût installée à jamais dans une situation inexpugnable. L'arrogance sociale l'horripilait, la suffisance des riches lui donnait une urticaire géante. Il s'efforçait ainsi de nous en vacciner.

Au fil des ans, ma grand-mère fit évoluer cette ironique inversion des choses. Chaque double-rate se vit sommé de se conduire en gaucher le dimanche ; et vice versa. L'acquisition d'une ambidextrie physique et morale paraissait à l'Arquebuse un exercice tout à fait salutaire, une sorte d'hygiène mentale et corporelle. Eut-elle cette idée pour emprunter à Zouzou ses ressources de gauchère ? Peut-être... Il ne devait pas lui déplaire de prendre les gestes de la maîtresse et de refiler à Zouzou les attitudes de l'épouse. Ce rituel étonnait à chaque fois les visiteurs, mais la plupart s'y pliaient de bonne grâce et du mieux qu'ils pouvaient. Ce détail m'est resté et m'a inspiré bien plus tard un roman étrange – *L'Île des Gauchers* – où l'on retrouve un monde inversé enfin à l'endroit.

On l'imagine aisément, ces mœurs m'exaltaient autant qu'elles m'inquiétaient ; car je sentais bien que le monde réel n'avait aucune stabilité : il se présentait à moi comme une pellicule perpétuellement vierge. Rien ne nous freinait. On pouvait peindre des sourires sur les visages, édicter à volonté des règlements dominicaux, cuisiner son chien pour lui rendre un ultime hommage, léguer son ver solitaire à son petit-fils... Et dès que je me tournais vers un familier – à l'exception notable de Zouzou – je rencontrais un délire...

Comment ne suis-je pas devenu fou ?

Zaza et la pointe du Raz

À la fin des années quatre-vingt, il arriva un événement fort triste : Zaza, la tendre compagne d'Yves Salgues, périt d'overdose. Cette guenon aimante rendit l'âme malgré les soins prodigués par l'urgentiste du SAMU, appelé au chevet de *Mme Salgues.* Ce médecin – qui avait l'esprit large – consentit à tenter de sauver la bête ; mais il refusa obstinément d'établir un certificat de décès au nom de *Zaza Salgues*. La loi le lui interdisait. L'écrivain sodomite et zoophile eut donc la douleur de ne pas pouvoir procéder à l'inhumation de son égérie. Aucun toubib parisien n'accepta par la suite de signer ce document sans lequel on ne peut enterrer un être humain dans un cimetière officiel.

Ayant épuisé tous les recours légaux, Salgues se plongea alors dans l'une de ces cures d'anéantissement qui flirtent avec le suicide. Puis, émergeant du néant narcotique, l'omnivore sexuel décida que les obsèques de Zaza auraient lieu… en mer, à l'extrême pointe de l'Occident. On ne voulait pas de sa guenon en terre consacrée ? Elle aurait l'océan pour sépulture et les chants des cétacés comme requiem. Sa tombe serait la fameuse baie des Trépassés, là où reposent les âmes de tant de noyés humains.

Salgues convoqua la faune familière de la Mandragore et de Verdelot sur le quai du petit port d'Audierne, un matin brumeux de février. Un bateau d'aspect vespéral nous attendait, sur lequel de rugueux croque-morts avaient hissé un cercueil d'enfant en bois blanc. La boîte contenait la dépouille de Zaza. Endeuillé jusqu'à la moelle, Salgues arborait une figure de désolation. Hélas, tout le monde ne vint pas – Zouzou, bien entendu, déclina l'invitation, l'Arquebuse également. Cependant, cet enterrement un peu particulier reste pour moi l'ultime réunion des grands irréguliers qui me façonnèrent l'esprit. Ahurissant kaléidoscope d'une époque qui allait bientôt s'estomper, étonnante cérémonie conclusive menée par un éroticien ivre de perversions. Tout le monde se blottit une dernière fois à bord de ce navire qui mit le cap sur l'île de Sein.

Il y avait là Merlin, mon frère Emmanuel qui vivait déjà à contre-rames, Frédéric, goguenard, mes cousins, des hommes qui avaient un peu trop aimé ma mère, un ministre en exercice aux yeux rougis par les larmes, le chanteur nicotiné Serge G. qui tétait fiévreusement une fine colonnette de poison, l'écrivain et fidèle ami Pierre A., l'inquiétant éditeur Bernard de F., endive pâle à face d'oiseau carnivore (ce janséniste génial et un peu pervers fut le grand accoucheur de mon père), et de vieux intimes de l'Arquebuse, bref toute une légion d'aguerris de notre famille.

Dénombrement d'amis des grandes libertés, d'individus trop uniques pour former une foule. En eux se condensaient bien des luttes contre les conformismes et tant de songes. On les sentait chargés d'itinéraires. Peu avaient connu les heures d'assaut du métro… Beaucoup avaient cotisé aux cures de désintoxication de Salgues.

Parmi eux, je reconnus Albert T., milliardaire déguenillé qui finançait à l'époque le monde syndical et avait coutume de voyager pieds nus à bord du Concorde. Têtu, il ne renonça jamais à l'idée d'épouser Zouzou. Près de lui se mouchait Salomon P., un mal rasé qui fit l'acquisition au Pérou d'une propriété grande comme une demi-France pour l'offrir à ma mère ; mais elle dédaigna ce cadeau fastueux ainsi que ses avances et préféra conserver son petit lopin de Verdelot. Adossé au bastingage, l'affairiste et philanthrope Luciano V. toussait. C'est ce fou au nez infini qui, pendant des décennies, avait développé les filiales américaines de sa compagnie en imposant à ses cadres new-yorkais de vivre à l'heure de Milan, par commodité personnelle. Quand Luciano faisait irruption dans ses bureaux de Manhattan sur le coup de minuit, ses employés enfilaient des costards par-dessus leur pyjama et, entre deux bâillements, s'efforçaient de suivre ses zozotements de visionnaire. Mégalomane, Luciano était convaincu que la course du soleil devait se régler sur sa physiologie et non l'inverse. Solitaire face au mince cercueil que des cordages fixaient sur le pont, un autre givré se recueillait : c'était le fameux Wilfried Rumpelmayer, un haut vieillard au profil correct, sans doute le mythomane le plus sincère de notre temps. Rumpelmayer – dont le nom véritable était peut-être Dupond – avait toujours affiché dans sa notice du *Who's Who* une édifiante liste de décorations plus ou moins fictives. Commandeur émérite de l'ordre du Phénix de Gibraltar, grand-croix de l'ordre Aztèque du Guatemala, grand officier du Ouissam alaouite baasiste, de la Croix verte maltaise et de l'ordre du Grand Léopard du Sénégal, Wilfried n'avait pas l'habitude d'avancer coiffé de cendres en inclinant une nuque maigre. Un jour de Pâques, au début des années quatre-vingt, je l'avais trouvé en larmes au milieu du salon de la Mandragore, planté devant une homélie télévisée du pape. Interloquée par sa tristesse profonde, l'Arquebuse lui en avait demandé le motif. Rumpelmayer avait eu alors ces mots incroyables en essuyant ses yeux :

— C'est mon père…

— Oui, notre père à tous… avait repris ma grand-mère. Le pape, quoi.

— Non, mon *vrai père*… biologique.

Un déchirant sanglot l'avait empêché d'ajouter la moindre explication sur sa supposée ascendance polonaise. Rumpelmayer s'était contenté de se moucher en étouffant de poignants *papa, papa*… Que ce grand-croix de l'ordre Aztèque fût le rejeton naturel du pape me paraissait douteux. Jean-Paul II n'atteignit jamais, hélas, la prolifique réputation d'un Borgia. J'avais donc fait part de ma perplexité à l'Arquebuse qui me répondit cette phrase sidérante :

— Et si c'était vrai, mon chéri ?

Nous voguions en compagnie de ce fils putatif du pape qui arborait sa dernière distinction cambodgienne (ou maltaise, je ne sais plus...) et de cette tripotée d'oiseaux rares, tous venus soutenir leur ami Salgues accablé. Étrange attelage réuni dans un endroit blême pour célébrer la mémoire d'une guenon aimée...

Lorsque nous pénétrâmes dans le Raz de Sein, sorte de boulevard océanique venteux qui sépare la pointe de la Bretagne de l'île de Sein, le modelé de la mer se modifia. Un roulis inexorable s'empara du navire emporté par le tournoiement de tourbillons soudain coupés d'angles droits. La coque, violemment heurtée par l'océan, se mit à ricocher, à se cabrer, à virevolter de la façon la plus précipitée. Il semblait que la hargne qui est dans les éléments, plus abominable que celle des vivants, éclatait au travers des flots sinistres qui nous assaillaient de toutes parts. La mer n'était plus que désordre, friselis d'écume et crêtes menaçantes. Les cordages du cercueil finirent par casser et celui-ci, libéré de ses amarres, bondit en avant sur les roulettes du chariot. Telle une boule de bowling errant sur le pont au hasard du tangage, la bière de Zaza allait, revenait, paraissait cogiter, déconcertait l'attente, reprenait sa course de bélier, délabrait tout, tentait de massacrer l'assistance, prenait une revanche obscure contre les hommes. De quelle façon maîtriser une fureur pareille, sans yeux ni volonté ? Comment combattre les caprices assassins d'un plan incliné ? Rumpelmayer faillit être coupé en deux par la trajectoire de ce boulet de sapin, mon cousin Stéphane eut en un instant le pied broyé, Salomon P. s'en sortit in extremis avec quelques contusions.

Alors Salgues s'avança seul au-devant du péril, le visage sépulcral – et sans doute aussi sous l'influence d'un cocktail de substances opiacées. Sévèrement giflé par l'écume bretonne, ivre de lyrisme, il redressa son squelette et cria à l'adresse de son ultime compagne :

— Ô Zaza, fille de mes détresses, amie de

mes heures inféconds, vigie de mes érections tardives, tue-moi ! Abrège-moi, mon amour ! Frappe mon deuil !

À la manière d'un dément, Yves Salgues exposa sa poitrine au taureau de bois, rechercha le trépas dans cette corrida maritime. Mais le cercueil de Zaza esquivait toujours le veuf crépusculaire, préférant se lancer ailleurs, frôlant d'autres corps. L'attitude d'Yves était à la fois grandiose et suprêmement ridicule.

Sidéré, je me penchai vers Serge G. (idole du panthéon sonore de Salgues) et lui demandai :

— Il est devenu fou ?

— Non petit… me répondit le poète habitué des scandales discographiques. Il a dix-huit ans, l'âge de ses premiers vers, l'âge d'être puceau…

— Mais… on ne peut pas le laisser se faire tuer par ce sarcophage !

— Pourquoi pas ? lâcha le chanteur hâve en inhalant à fond sa cigarette toxique.

Le fils du pape prit sur lui de plaquer Salgues à l'intérieur de la timonerie. Sept hommes bloquèrent enfin le cercueil, comme pour tuer ce criminel monté sur roues. Yves fondit en larmes. Nous croisâmes au large de l'île de Sein, laissant derrière nous l'Occident chrétien et sa morale inquiète.

Quand nous fûmes arrivés au centre de la baie des Trépassés, cernés de brumes liquides, Yves Salgues sortit un texte manuscrit, s'approcha de la boîte où reposait son amante défunte et psalmodia ce qui me parut être l'un des plus beaux poèmes d'amour. Le chanteur avait raison : ce jour-là, l'énigmatique Salgues renoua avec l'innocence solaire et vicieuse de ses dix-huit ans. Puis, solennel comme un abbé, il fit glisser le mini-cercueil dans l'océan ; et il jeta à la mer ce qu'il avait de plus précieux : ses feuillets chargés de tendresse. Une bourrasque molle emporta ses strophes maudites. Au spectacle de ce romantisme funèbre, notre compassion s'exalta.

Pourquoi ai-je éclaté en sanglots à mon tour ? Par nostalgie. J'eus soudain l'horrible sentiment qu'un monde était sur le point de finir : celui des double-rate et de tous ces fantasques pleins d'années qui déclinaient hélas. L'époque ne leur ressemblait plus. Le temps était désormais aux apôtres de la prudence, à la paranoïa judiciaire, aux mollesses de la normalité. Les Jardin n'y avaient déjà plus leur place : mon frère Emmanuel, bâti pour une société de fringales, celle de l'après-guerre, ne pouvait s'y épanouir ; je le pressentis avec terreur. En lui, il n'y avait rien de médité, de circonspect, rien qui pue la prudence. Perdu d'emphase et d'idéal, emporté par une vie disjointe, il sortait trop des proportions ordinaires du genre humain. Et Merlin, comment allait-il pouvoir surnager dans un siècle aussi fâché avec la liberté ? Aussi timoré dans ses aspirations ? Lui non plus ne reconnut jamais la suzeraineté des conventions.

Le Zubial s'en était allé en juillet 1980, en un temps où la frivolité restait encore, à Paris, le masque des désespérés. Il n'avait pas vu s'élever les hautes murailles du conformisme moderne, s'affirmer le culte des victimes célébré par le concert des télévisions compassionnelles, se dissoudre peu à peu l'amour de toutes les licences. Mort assez tôt pour avoir fréquenté d'immenses libertés, il avait eu l'honneur de rester vivant jusqu'à son décès. Y parviendrai-je moi aussi ?

De retour du port d'Audierne, je me mis à griffonner des anecdotes, à croquer ces figures immodestes, à retenir sur le papier des bribes de ce passé flambard. Toutes ces folies mémoriées me hantaient déjà. Quelle macédoine d'hommes-enfants ivres de tabagie, d'alcool et d'anarchie… Ces notes hâtives forment l'archéologie de ce livre bizarre qui a l'odeur d'un roman et qui reconnaît mes dettes réelles. Sur la première page, j'inscrivis ces mots de pyromane qui sont de Cocteau : « Je suis un mensonge qui dit la vérité… »

Les jeudis de Zouzou

Retour à Mougins, un jeudi : Zouzou est absente, forcément. L'habitude de décamper de son domicile le jeudi lui est restée de cette époque où, vivant parmi les double-rate, il lui fallait un temps hebdomadaire de décompression. Que faisait-elle lors de cette parenthèse ? La règle tacite était de ne lui poser aucune question. Les jeudis de Zouzou n'étaient qu'à elle. Même les hommes qui se crurent des droits sur elle – le Nain Jaune puis, plus tard, Merlin – n'eurent jamais la permission d'enfreindre cette règle acquise. Pendant douze heures, son corps tentant et ses pensées lui appartenaient en propre. Quand, enfant, je lui demandais avec qui elle usait ses jeudis, Zouzou me répondait invariablement *avec moi.* Mais que pouvait-elle bien faire justement *avec elle* ? Se livrait-elle aux élans d'un amant flagellateur ? Cambriolait-elle de pieuses personnes ? Collaborait-elle avec un service de renseignements étranger ? Lisait-elle de la poésie anglaise perchée sur les sommets alpestres ?

Personne ne le sut jamais.

Quel que fût le temps ou la saison, Zouzou nous échappait une journée durant. J'appris ainsi, très tôt, que nous avions sur terre la possibilité de n'être engagé dans notre vie privée que par intermittence. Cette idée me séduisait en même temps qu'elle me jetait dans la panique. Si même Zouzou éprouvait le besoin trouble de vivre d'autres facettes de sa nature, à l'insu de tous, cela signifiait-il que tous les miens possédaient d'autres visages ? Le monde grouillait-il de citoyens qui n'étaient pas vraiment les personnes qu'ils ou elles affectaient de paraître ? Ce que j'avais pu apercevoir sur le toit de notre *cabanon* me confortait hélas dans cette idée…

Ce jeudi de l'an 2004, Zouzou réapparut vers vingt heures, haletante sur un tandem. Je lui demandai pourquoi elle s'était équipée d'un véhicule pareil alors qu'elle vivait seule.

— Si un homme de rencontre voulait bien

monter avec moi ? me répondit-elle. Avec le temps, les montées deviennent dures...

Déconcerté par sa réponse sibylline, je lui préparai un repas à sa convenance. Nous passâmes bientôt à table – autour d'un plat de beignets de roses – et je ne tardai pas à l'interroger sur les premiers chapitres de ce livre ; extraits que je lui avais expédiés par la poste quelques jours auparavant. Comment jugeait-elle ma franchise ?

— Heureusement que tu n'es pas tombé sur le cahier de ta grand-mère... dit-elle.

— Lequel ?

— *Le Registre des amours des Jardin.*

— Elle a vraiment tenu ce registre à jour ?

— Elle en parlait, parfois... Et puis, il manque quelque chose à ton texte... ajouta-t-elle d'un air affirmé.

— Quoi ?

— Toi. Tu ne dis pas comment tu t'en es sorti, comment tu n'es pas devenu cinglé.

— Si, je parle de toi.

— Je n'ai été qu'un élément mineur.

— Quels sont les autres garde-fous ?

— Ta crédulité, l'écriture qui t'a protégé de la dépression et ta mère.

— Ma mère… Difficile de l'évoquer, elle vit toujours…

— Celle qu'elle a été a disparu. Elle est aujourd'hui une tout autre personne. Tu as désormais le droit d'écrire sur cette jeune femme morte…

Ancienne héroïne de Pascal Jardin (fonction exténuante…), égérie secrète de Claude Sautet et de quelques autres, aimeuse d'hommes shakespeariens, habituée à fréquenter l'improbable, ma mère est aujourd'hui devenue… psychothérapeute. De ces psys rares qui vous convertissent à la sérénité avec un talent hypnotique. Après avoir erré dans le dédale prodigieux de ses contradictions, celles des autres ne lui font plus peur. La névrose fut sa vie, elle est désormais son métier. Quelle métamorphose radicale… digne d'une double-rate. Quasi épouse de Pierre C., elle porte d'ailleurs toujours le nom de *Mme Jardin.*

Tout est avoué par ce nom.

Et moi je suis son fils, celui qu'à la Mandragore on appelait *le petit Jardin*.

III

SURVIVRE

— Vous n'allez pas publier la vérité ?

— Nous sommes dans l'Ouest ici. Quand la légende dépasse la réalité, on publie la légende.

John FORD,
L'Homme qui tua Liberty Valance.

De l'intérêt d'être crédule

Dans mon cerveau peuplé de légendes jardinesques, le mal était un malentendu, les crapules d'aimables farceurs et les manèges de l'ambition une méprise. Je me doutais bien qu'il y avait sur le globe quelques égarés provisoirement intéressés ou méchants mais je les supposais déchirés de remords et prêts à se convertir à la bonté à la première homélie sucrée qu'on leur adresserait. Volontiers angélique, je gambadais dans un univers mental radieux où le Zubial était un héros intouchable, ma mère une romanesque personne, le Nain Jaune un fabricant de miracles et tous les miens d'exquis poètes à la recherche de l'or du temps. Pour couronner cette pyramide de naïvetés, je m'imaginais exempt de *mauvais sentiments.* L'envers de ce délicat paysage, on l'a vu, était moins gracieux :

la cascade boueuse de mes infidélités, un frère suicidé à coup de fusil (une spécialité familiale qui nous poursuit de génération en génération), un oncle pendu en ange, un père qui abusait de ses contradictions, un grand-père manifestement vichyste, une mère zigzagante, des beaux-pères parfois aigrefins ou mourant vite, une grand-mère virtuose de la désinvolture, des coucheries vertigineuses en vrac, des fraudes dramatiques sur les lignages, un divorce personnel qui manqua de fraîcheur, un oncle lointain au passé pédophile… et j'en passe.

Asphyxié par ce tableau, je poussai même en 1997 la contrefaçon jusqu'à écrire un livre dément – *Le Zubial* – dans lequel je m'offris le luxe de dépeindre mon père tel qu'il se rêvait ; et non tel qu'il fut. Le Zubial avait fait de même en rédigeant en 1977 un livre subjuguant – *Le Nain Jaune* – qui transfigure son propre père. Qu'avait-il donc à lui reprocher pour lui crier si fort son amour ? À vingt ans d'écart, nous avons tous deux affirmé que notre vérité d'écrivain méritait de détrôner *le réel*, globalement si déloyal… Ce qui reste ma conviction. Au nom de quoi la réalité des géomètres primerait-elle les vérités qui gouvernent effectivement nos cœurs ? Toute folie n'est-elle pas un fait tangible ?

Fou d'amour pour les double-rate – que j'ai tant haïs –, je faillis récidiver en écrivant ce *Roman des Jardin*. Si ce chapitre grave n'avait pas surgi soudain sous ma plume, ce processus trouble n'aurait sans doute jamais été avoué aussi nettement. Mais je le répète : je reste « un mensonge qui dit la vérité », comme tous les imaginatifs qui ont la prétention d'être sincères.

Venons-en donc à la vérité… c'est-à-dire à la sainte folie de l'écriture.

La leçon de deuil de l'Arquebuse

Été 1982, je viens de réussir mon baccalauréat ; ce qui déroute les Jardin, peu accoutumés à se soumettre aux examens légaux. Chez nous, l'obtention d'un diplôme tint toujours de l'excentricité. Début juillet, j'établis mes quartiers à la Mandragore où survient... l'événement le moins probable de nos annales familiales. Le soir du 14 juillet, nous trouvons sur le bureau de ma grand-mère une lettre qui nous laisse en apnée :

« Mes chers enfants et petis-enfants,
Chère Zouzou,
nous (elle et son ténia) *avons résolu de quitter la Mandragore pendant une année et de voyager. Nous nous déracinons aujourd'hui pour ne pas finir comme une vieille dame en pot. Il est trop*

tôt pour que nous terminions dans de mièvres habitudes. Notre crépuscule n'a pas encore débuté.

Et puis je veux que vous vous entraîniez à vivre sans moi ; ce qui devra bien arriver un jour. Cette courte mort de douze mois vous permettra d'envisager mon décès définitif – forcément plus long – avec davantage de sérénité. J'entends vous apprendre ainsi à nager dans les eaux noires du deuil.

Rassurez-vous, je ne pars pas seule : Zoé veille sur mon intérieur comme je veille sur notre extérieur commun ; et sur notre alimentation. Nous trouverons bien à nous divertir et ne rentrerons certainement pas dénutries, d'ici un an. Quatre saisons, c'est si vite passé quand on ne craint pas de manger avec vigueur…

Nous vous embrassons,

L'Arquebuse

P.S. Que Zouzou assure la continuation de nos idées. »

Nous restons tous sonnés. Que s'est-il passé ? Où cette sédentaire va-t-elle alunir avec son ver solitaire ? Par quel miracle l'Arquebuse entend-elle filer hors de Suisse sans passeport ?

Comment est-il possible que cette huître normande ait décidé de ne plus se cramponner à sa bibliothèque ? Aucune de ces questions ne reçut de réponse. Nous restâmes douze mois durant dans l'impossibilité de localiser ma grand-mère : elle avait donné à sa banque l'ordre formel de ne communiquer à sa famille aucune information relative à ses déplacements éventuels. Et lorsque nous nous adressâmes à la police, on nous rappela que notre aïeule était à la fois majeure – ce qui restait à prouver – et libre de migrer...

Étrangement, rien ou presque ne changea dans les rituels de la Mandragore : Zouzou succéda à l'Arquebuse avec une aisance qui nous déconcerta. Le soir même, l'ex-maîtresse du Nain Jaune occupa dignement la place de sa veuve à table, emprunta aussitôt son vocabulaire et recycla ses commentaires. La régente valait bien l'impératrice. Lorsque Couve de Murville débarqua, Zouzou infligea à ce sinistre les mêmes remarques désobligeantes sur sa coupe de cheveux et affirma qu'il possédait sur le sommet du crâne une sorte de poil dru de fox. L'homme d'État ne broncha pas, retrouvant en Zouzou l'assurance altière de l'Arquebuse qui ne souffrait pas d'être remise à sa place (alors qu'il n'appréciait guère les fox-terriers...). Zouzou fréquenta les mêmes ouvrages que ceux qui enflammaient notre vieille liseuse : le *Journal* de Rilke, des essais labyrinthiques de Raymond Abellio, la correspondance alambiquée du Sâr Péladan, etc. Elle prétendit même pousser le mimétisme jusqu'à compléter le fameux *Registre des amours des Jardin*, document mythique que l'Arquebuse s'était soi-disant toujours fait scrupule de tenir à jour. Zouzou se chargea également du traitement revigorant de nos conquêtes délaissées : le sanatorium pour hétaïres laminées ne ferma pas. Comme si rien n'avait altéré les mœurs des double-rate, les couples illégitimes continuèrent d'être reçus au fond du jardin dans le *cabanon*. Le magistère arquebusien fut assumé royalement par Zouzou. Si l'on excepte de menus détails, les deux femmes se confondirent en une seule l'espace d'une année.

Cependant, cette mort provisoire de ma grand-mère me perturba durablement ; ce qui était bien l'objet de cette *leçon de deuil*. En effet, je me surpris peu à peu à reprendre le chemin... de l'écriture ; comme à quinze ans lorsque le Zubial m'avait faussé compagnie. L'absence me rendait prolixe du stylo. Je sortis alors une rame de papier blanc pour me guérir de ma terreur de voir s'effacer le monde des Jardin : ce mécanisme compensatoire ne devait plus jamais me quitter. Dix-sept ans, c'était le bon âge pour contracter des habitudes de survie. Celle de perpétuer mon univers familial devint un réflexe, une manière de m'établir à mon compte en tirant des traites sur mon passé.

Mais je me tournai tout d'abord vers le théâtre.

L'idée de publier des romans m'angoissait. Je ne voulais en aucun cas périr jeune, comme le Zubial, et les mines ravagées des auteurs qui figuraient dans les manuels scolaires me déprimaient. La frivolité des théâtreux, les appas disponibles des actrices, tout cela me tentait davantage.

J'étais donc résolu à briller au firmament du répertoire, mais dans des délais raisonnables : je me donnai six mois bien tassés pour connaître un triomphe de rupture, amonceler les honneurs les plus puérils et convertir ma plume en puits de pétrole. Le Zubial, Molière et Musset n'avaient qu'à bien se tenir... Avant le retour de l'Arquebuse – qui réapparut ponctuellement le

14 juillet 1983, sans fournir la moindre explication – ma vanité grotesque serait apaisée et je serais rassasié de droits d'auteur, donc libre comme un Jardin se doit de l'être. Orphelin de père, je n'appréciais guère mon dénuement. Il me fallait les moyens de ma comédie et le temps… de m'inventer les apparences du talent. Ou de me pendre.

Chéri, fais-moi un roman

Deux ans plus tard, je fête mes dix-neuf ans dans la honte. Rien de ce qui était prévu (par moi…) ne s'est encore passé. Je tarde à m'élever au rang d'Empereur et mes pièces – des comédies très malades – sont celles d'un vantard pitoyable. Ma frime vire au dérisoire : je moisis sur les bancs de Sciences Po au lieu d'étudier l'espionnage, puisque je n'ai même pas eu le cran d'écouter les conseils de Soko. J'aspirais à signer des piles de chefs-d'œuvre ; je noircis des copies doubles…

Une ouverture s'est bien présentée, mais je lui ai claqué la porte au nez. Le dramaturge Jean Anouilh a finalement accepté de lire l'une de mes pièces inabouties. Étrangement enthousiaste, il a eu la bonté d'écrire au comédien Michel Bouquet qui m'a donné son accord pour jouer mon texte bancal ; à une condition : que j'attende *deux ans* l'expiration de ses engagements ! Deux années de patience... L'épreuve paraît intolérable à mon âge de poulain. Sottement, je lui reprends le manuscrit des mains en lui déclarant avec effusion :

— Pardonnez-moi, mais c'est impossible. Je n'ai pas le courage d'attendre...

Surpris, Bouquet me laissa sortir de sa loge du théâtre de l'Atelier. Sur le trottoir, je pleure alors mon incapacité à entrer dans une vie qui ne soit pas *absolument romanesque.* Une fois de plus, je suis en proie au drame d'être rempli de rêves de double-rate.

Et soudain, le destin me force la main.

Je rencontre dans la rue un dénommé Claude D., ami d'enfance du Zubial qui forniqua avec le chauffeur de sa maîtresse, à l'époque où mon père était gigolo. Le Zubial avait quinze ans, la dame milliardaire trente-cinq et Claude l'âge de découvrir avec enthousiasme son homosexualité. Par la suite, ce grand libre fit partie du cirque de la Mandragore. Audacieux et brillantissime, il se fondait à merveille dans la faune locale. Ses petits amis un peu canailles servaient de garde-malade au très catholique Nain Jaune... Avec une vraie gentillesse, Claude parcourt hâtivement l'une de mes pièces, me rappelle et me déclare qu'il va la faire lire à... Françoise Verny. Je reste dubitatif :

— C'est qui ?

— Une éditrice, chez Gallimard.

— Gallimard... ce n'est pas un théâtre.

— Ce sera le tien, me répond-il agacé.

— Mais je ne veux pas être romancier !

— Si, et cesse de nous enquiquiner avec tes histoires de théâtre !

— Comment veux-tu que j'écrive un roman ? Il ne m'est jamais rien arrivé.

— Je donne le texte à Verny ce soir.

— Rends-moi ma pièce.

— Non, tu es trop con.

Le surlendemain, Françoise Verny rappelle Claude D. : elle veut me voir ; moi pas, puisqu'elle n'est ni actrice ni directrice d'un théâtre. Exaspérée par mes réticences péremptoires, Verny finit par s'inviter à dîner chez moi, ou plutôt chez ma mère, escortée de Claude qui ne cesse de me répéter avec la plus vive irritation : « Fiche-nous la paix avec tes histoires de théâtre... »

Le soir convenu, j'ouvre la porte de notre

appartement et vois débouler une ogresse ivre morte, un quintal de folie et de générosité. Claude la décharge de l'ascenseur et roule sa corpulence jusqu'à notre salon. Vêtue d'une robe-sac, Françoise Verny émerge alors d'un semi-coma éthylique, hoquette et propose à ma mère de monter un bordel littéraire où les clients paieraient en copies. L'entrée en matière me séduit. Puis, battant des cils lourds, elle m'attrape par le col et me postillonne :

— Chéri, fais-moi un roman…

— J'ignore si je saurai écrire de la prose.

— Ce n'est pas à toi de savoir, chéri, ça c'est mon boulot.

Sur ces mots, le dinosaure bascule les quatre fers en l'air, émet un barrissement et s'endort sur notre tapis en ronflant. Verny a la démesure d'une double-rate. D'emblée je reconnais en elle cette liberté entière dans laquelle j'ai été élevé. Elle est au-delà des liturgies relationnelles, des chemins moraux balisés et d'une vision circonspecte de la littérature. Sa jactance tient de la balistique : elle m'ajuste et me touche le cœur. Tout le contraire des craintifs bilieux et repus de satisfaction que je redoutais de rencontrer dans une maison d'édition centenaire.

Dès les premières minutes, je vis en elle l'intrusion du destin dans ma vie ; et je sus que je l'aimerais... en dépit de son aspect préhistorique. Le lendemain matin, je la retrouve chez Gallimard et fais affaire avec elle à la pirate, sans autre contrat qu'un accord moral : j'entre aussitôt dans mon temps de puberté artistique. Avec Françoise, *ce sera tous les jours tempête*. Son métier n'est pas d'imprimer des feuillets bien léchés mais de malaxer l'imaginaire et les tripes des écrivains, avec amour bien sûr. Sa passion ? Que ses auteurs parviennent enfin à s'approcher d'eux-mêmes. Chaque chapitre réussi semble lui procurer une sorte d'orgasme mental qui m'électrise. Plus je suis Jardin plus Verny jouit. Tout de suite, elle saisit que l'écriture sera dans ma vie un itinéraire pour explorer sans risque la liberté et les songes des miens. Les carburants de Françoise ne sont pas l'argent mais le whisky – un bon litre par soir – et la prière dont elle abusa toujours. Nous sommes loin d'une conception éditoriale ordinaire...

Et puis, Verny croit tout ce que je lui dis, surtout lorsque je délire à voix haute ; un peu à la manière candide de l'Arquebuse. Quand un soir d'optimisme et d'immodestie maladive, je lui fis comprendre qu'avec mon premier roman, *Bille en tête*, nous n'étions pas à l'abri d'un triomphe, elle me répliqua :

— Mais ce sera une apothéose chéri, ça va de soi. On ne va pas mégoter…

— Un triomphe, ça te paraît vraiment possible ?

— À une condition : il faut que tu séduises Odette L., une dame d'âge mûr qui fait tous les bruits de couloir chez Gallimuche… Viens, je t'emmène la charmer. Je vais te gallimardiser…

Elle souleva son embonpoint, saisit un cabas rempli de manuscrits frais et se dandina dans les couloirs de l'auguste maison d'édition jusqu'au bureau de la fameuse Odette. Françoise frappa avec vigueur. Me voyant crispé, elle m'expédia alors un solide coup de coude au bas-ventre en déclarant :

— N'oublie pas que c'était elle qui suçait la queue de Gaston (Gallimard) !

Sans me laisser respirer, Françoise me précipita sans ménagement dans l'étroit bureau d'une rombière fort digne et se carapata aussitôt. J'éclatai de rire. Pendant sept ans, je vais chenapaner ainsi à ses côtés et m'amuser en écrivant des romans follement Jardin. Quand mes chapitres ne seront pas mûrs, elle m'attachera au radiateur de son bureau ; le temps que je courbe mes phrases jusqu'à ce qu'elles me ressemblent. Menotté, insulté, nourri, moralement talqué, je vais apprendre en quelques années à m'approprier un texte. Son domicile parisien, rue de Naples, devient peu à peu pour moi une succursale de la Mandragore, une annexe de Verdelot. Et lorsque sept ans plus tard, éreinté par les éclats de notre passion, je déciderai de la quitter, je finirai rue de Naples par une scène démente.

Nous sommes dans son salon. Je vomis toute ma vérité : trop c'est trop, je ne supporte plus qu'elle intervienne dans ma vie affective, qu'elle traite méchamment ma première épouse de *back-street*, qu'elle me réveille à deux heures du matin en me lançant ses coups de fil comminatoires, que cette désespérée drôlissime haïsse tout ce qui n'est pas *mon manuscrit en cours*. Mon incontinence verbale m'apaise. Françoise accuse le coup et me demande à brûle-pourpoint :

— Alexandre, je voudrais… une dernière faveur : accepterais-tu de prier avec moi ?

Surpris, je lui réponds que Dieu n'est pas de mes intimes.

— Ça n'est pas grave, poursuit-elle soudain pascalienne. Fais les gestes, la foi suivra peut-être…

Je me retrouve alors à genoux sur le parquet ciré, dans cet appartement ouaté de la plaine Monceau, les bras en croix en train de chanter un cantique avec Verny. Peu familier de ce type de refrains, je m'efforce de la suivre. Nous mêlons nos bêlements et pleurons tous deux, côte à côte… À tout instant, je crains d'être surpris dans cette posture par sa femme de ménage. Notre aventure se termine par un *amen*. Puis elle m'assène une forte claque en murmurant :

— Je te pardonne.

La joue rouge, je sors dans la rue orphelin.

Douze ans plus tard, je rencontrerai un autre éditeur à double rate : l'incomparable Dizzy. Ce surnom – qui est celui de lord Beaconsfield, génial Premier ministre de la reine Victoria plus connu sous le nom de Disraeli – me paraissait être le plus à même de signaler son insaisissable singularité. Toujours entiché de femmes hardies (jouant à se prostituer ou à mordre, etc.), disciple intégral de La Rochefoucauld, épris de liberté et pathologiquement heureux, Dizzy est aussi habitué que Verny à marauder dans les coulisses de l'âme. Deux moments jardinesques me permettront de sonder le dérèglement intime de ce bel animal humain et donc de lui faire confiance. La première fois, au fond d'un bar de la rive gauche, il surgit devant moi bronzé comme Byron et gaiement fracassé : la femme qu'il a cru aimer l'a quitté et, déçue de n'être pas poursuivie, la dangereuse s'est vengée de la plus acrobatique manière, m'explique-t-il avec cette drôlerie brillante qui protège des larmes. Sa situation est si douloureuse que Dizzy ne peut se retenir d'être joyeux. Son alacrité dans le naufrage en fait d'emblée à mes yeux un cousin du Zubial. Ses désordres privés nous placent dans une affinité immédiate : nous connaissons tous deux l'odeur de l'invraisemblable.

La deuxième fois, nous étions en train de jacasser au téléphone. Je baguenaudais sur le boulevard Saint-Germain. Dans l'appareil, Dizzy cite un moraliste pénétrant, déplore la fin du XVIIIe siècle et m'explique que notre conversation ne pourra pas durer car il affirme se trouver au Chili, sur une piste de ski, en compagnie de sa fiancée avec qui il s'exile régulièrement dans l'hémisphère Sud. En arrière-fond, je devine les courants d'air qui soufflent sur la Cordillère des Andes. Nous raccrochons. Je le vois alors traverser le boulevard sous mes yeux… Lui ne m'a pas encore aperçu. Ingambe et svelte, Dizzy torée avec élégance la marée de carrosseries qui filent sur la chaussée parisienne, atteint enfin le trottoir et, blême, s'arrête face à moi. Saisi par une soudaine flamme intérieure, il me jette alors avec aplomb :

— Alexandre, si tu as plus foi en tes yeux qu'en ma parole, nous ne pouvons plus nous faire confiance…

— Dizzy, ai-je alors répondu, accepterais-tu de devenir mon éditeur ?

— Dès que je rentre du Chili, je t'appelle de l'aéroport et nous signons.

— Pour quel livre ? lui ai-je demandé.

— Mais… pour le *Roman des Jardin* ! Tu es prêt ! s'écria-t-il avant de s'élancer tout schuss sur le boulevard en slalomant entre les passants.

Le Chili l'avait repris. À quarante ans tout juste, je venais d'entrer en collision, sur une improbable piste de ski, avec un rêveur qui exècre le réel et ne goûte que la vérité. Je savais Dizzy suffisamment multiple pour exiger de moi une authenticité radicale. Lecteur irrité de mes romans, il était las de me voir « transformer en maison de Marie-Claire un château hanté » (je le cite). Volontiers cinglant, ce prestidigitateur attendait que je me résolve enfin à divorcer avec ma bonne humeur outrée, mes prêches monogamistes et ma prose sans démons.

— Cesse de te cacher publiquement ! m'avait-il crié un soir avec dans l'œil la folie de lord Beaconsfield.

Louse, ses hommes et moi

Gamin, je n'appelais pas ma mère *maman*, mais *Louse* ; comme si elle avait été une animale très à part. Je lui donne d'ailleurs encore ce nom propre et lumineux (*luz* ?) qui n'est qu'à elle. Mais comment évoquer *celle qui m'a fait* ? Cette jeune femme des années soixante et soixante-dix qui *fit* également ses hommes. Énigmatique et follement sincère, cette beauté paraissait s'être donné pour mission d'arracher ses conquêtes à leurs faux-semblants. En lui vouant un amour intégral, *ses hommes* s'engageaient à vivre au-delà des convenances et du code sociétaire.

Jacques S. – l'une de ses passions que j'ai le plus aimé – osait-il *faire l'acteur* dans une série télévisée populaire (*Les Chevaliers du Ciel*) ? Ce qui passait aux yeux de ma mère pour une forme sévère de compromission. Louse le grondait vertement et le ramenait dans le droit chemin de la mise en scène. Jacques – au firmament de sa notoriété de météore télévisuel – refusa illico tout contrat lucratif, fit vœu de dénuement, se laissa pousser une moustache afin de devenir méconnaissable et fut promu au rang… d'assistant de Claude Sautet. Mais oui… Ses hommes se faisaient la courte échelle. Sur le tournage de *César et Rosalie*, Jacques – imposé à Claude par Louse – était grouillot. Infiniment plus populaire qu'Yves Montand cette année-là, ce stagiaire-star devait repousser hors du plateau des hordes de fans qui réclamaient à *Tanguy*, le *Chevalier du Ciel*, des autographes… ce qui ne laissait pas d'horripiler Montand. J'en garde un souvenir net, un soir d'automne où j'étais venu chercher Jacques avec le Zubial. Ces désordres importaient peu à Louse : ses hommes lui devaient toutes les conversions. Ils n'avaient pas le droit d'esquiver leur vérité.

Un jour où je déjeunais seul avec Louse et Claude (Sautet) dans une brasserie, le cinéaste se mit à évoquer le souvenir de sa propre mère, minuscule dame qui vécut fort mal en accomplissant des heures de ménages. Apparemment ému, Claude larmoyait tout en causant fort. Il s'étrangla même de sanglots sonores ; quand, avec une fermeté inouïe, Louse lui assena cette réplique désarçonnante :

— S'il te plaît arrête de pleurer, *tu ne sens rien*.

Claude s'immobilisa.

— Tu ne sens rien, répéta-t-elle.

Fasciné d'avoir été percé, Claude fixa ma mère avec étonnement, ne répondit rien et sécha ses grosses larmes sans protester ; puis, rompant avec son humeur factice, il se tourna vers moi et me demanda sur un ton enjoué :

— Dis-moi, mon coco, comment as-tu trouvé le dernier James Bond ? Distrayant, consternant ou implacable ?

Louse détenait le pouvoir de dire la vérité aux hommes et de s'en faire entendre. En compagnie de n'importe qui d'autre, Claude aurait prétendu être sincère, se serait sans doute encoléré ; avec elle, ce majestueux faussaire ne finassait pas. Elle savait sa difficulté à éprouver quoi que ce fût qui l'atteigne vraiment. Il tira d'ailleurs de cette infirmité affective un beau film, paradoxalement très émouvant : *Un cœur en hiver*.

Ce jour-là, j'appris d'elle qu'il était possible

de fracturer la vitre derrière laquelle les êtres se croient à l'abri pour jouer leur comédie ; et que la vie n'en prenait alors que plus de relief. En effet, au cours de ce repas, Claude finit par avouer son chagrin d'éprouver si peu de sentiments. Affligé, il ne m'en parut que plus touchant. Sa lucidité glaciale l'humanisait soudain. Et je voyais bien que cet instant miraculeux de vérité avait été suscité… par elle, ma mère.

Que donnait-elle aux hommes, elle qui leur livrait tout, excepté elle-même ? Je ne sais… Mais sa volonté de redresser ses amants, d'éduquer ses enfants et parfois ceux des autres, de réformer ses amies en déroute – en somme tout être vivant à portée de son verbe – fut sans doute ma chance. Au milieu de ce tintamarre, j'eus une mère éleveuse.

À Verdelot, la gabegie avait un ordre – le sien. Chacun de ses hommes possédait une piaule attitrée qui porte encore leur nom. Tous ces messieurs, dûment chapitrés, étaient chargés de veiller sur *les enfants de la reine*. Nicolas me montrait le dessin, Jacques me conduisait à mes cours d'équitation le mercredi, Pierre m'enseignait l'art de renvoyer une balle de tennis, François m'ouvrit les yeux sur l'Afrique.

Ceux-là coopéraient avec le sourire, bien qu'ils n'eussent pas été admis à lui faire un enfant. Les liaisons de Louse constituaient un vaste projet éducatif aux ramifications complexes. Même les éconduits étaient mis à contribution : tout soupirant malheureux se trouvait sommé de m'apprendre à chanter, à identifier les étoiles ou contraint de m'aider à concevoir des montgolfières. Nul talent n'était négligé. Le Zubial, lui, s'était réservé un domaine : la fabrication d'objets inutiles qu'il exécutait en ma compagnie. J'acquis ainsi des rudiments de menuiserie en construisant de sublimes *raquettes à idées folles*, une extraordinaire *machine à applaudir les cons*, deux *condensateurs d'injures*, un appareil portatif destiné *à baffer les sinistres*, des *catapultes à rêves*, un *alambic à chagrin* qui distillait des larmes d'épouses, etc.

Étrangement, Louse m'inculqua un sens aigu de la rigueur. Le bordel inventif oui, la chienlit non. Elle cigalait la nuit, mais ses enfants trimardaient la journée. Moi, mon frère Frédéric et ma sœur Barbara, nous étions donc tous de bons élèves scolarisés dans... des établissements catholiques rigoristes. À la maison la ronde de la polygamie exigeante, à l'école les cantiques. Personne ne paraissait s'inquiéter du grand écart auquel nous étions soumis. Et lorsqu'il me fallait un parrain pour une cérémonie religieuse, on réquisitionnait l'un des galants de Louse afin de ne pas trop s'éparpiller. À l'église, nous restions groupés. Lors de ma communion solennelle, Jacques S. – viscéralement athée – fut impeccable dans ce rôle.

Cette femme, ma mère, me donna donc la colonne vertébrale requise pour survivre au chaos qu'elle m'infligea. Dans son esprit, éduquer n'était pas synonyme de protéger ; bien au contraire. Elle n'eut de cesse de m'exposer au fracas lumineux de la vie, tout en armant mon caractère. Singulière pédagogie… qui formait des survivants. Je devais avancer ou périr.

Dès le lendemain du décès du Zubial, Louse m'expédia seul au fond de l'Irlande. Brutalité ? Non, coup de génie. Et signe qu'elle me faisait déjà confiance. Cet exil fut une chute au fond de l'isolement le plus saumâtre, celui que l'on n'éprouve qu'au milieu des foules. À quinze ans, je me sentais brusquement si solitaire de mon père. Je chialais sans interruption. Trois nuits durant, j'eus même la tentation de me noyer au fond d'une baie remplie de tourbillons. Ah boire enfin l'océan cul sec et s'abolir ! Et puis… je fis le choix inconfortable de vivre, de m'aguerrir, de me purger de mon sang, de troquer mes larmes contre un rire chronique. Malheureux, je décidai une fois pour toutes d'être gai. Et de ne plus jamais croire en la souffrance.

Survivre à Vichy

Qui n'a pas porté le nom d'un vichyste ne connaîtra jamais la nausée d'être soi. Certes, le Nain Jaune collabora sans frénésie excessive, avec des lenteurs patriotiques et tactiques qui permirent à certains négociateurs blonds de le qualifier de *sportsman*. On peut même avancer qu'à ce petit jeu, il se fit rouler dans la farine très correctement par les plénipotentiaires de Satan. Ce lettré n'avait rien à voir avec les miliciens crapuleux, ni avec les patibulaires qui hantèrent Vichy. Mais... *il y était.* Avec sa disposition d'esprit égale et courtoise à l'égard de tous (nazis, résistants, écrivains intimes de Brasillach, juifs en cavale), Jean campa même au milieu du marigot. Et pas qu'un peu... chef de cabinet du président du Conseil. Pas sous-chef de l'égout exécutif, non, chef ; ce qui dénote une indéniable capacité à s'acclimater au sein de ce régime si… particulier. La législation raciale, précise et abjecte jusqu'à l'obsession, il l'avait donc vue passer sur son bureau. Bien sûr, cet homme énigmatique eut des fidélités risquées et certaines audaces personnelles qui lui valurent par la suite bien des indulgences républicaines. Il fut même pour beaucoup, en ces temps périlleux, un recours contre la dureté des hommes et l'hostilité des choses. Mais, que diable… *il y était.*

Et puis survint en 1980 un texte étrange, placé en postface du dernier livre que mon père consacra au Nain Jaune, *La Bête à Bon Dieu.* Devinez qui était l'auteur de cet ardent éloge ? Dans lequel on pouvait lire ces lignes attendries à propos du plus proche collaborateur de Pierre Laval : « Avec ses grâces capricieuses, ses colères et ses mélancolies, son génie de paraître sans s'imposer et de s'imposer sans paraître, sa culture à tout-va, sa fureur d'être sur fond d'indifférence, cet homme de premier plan installé au second, qui retrouvait par le Conseil le pouvoir perdu de la décision, ce père grave et désinvolte qui parlait à son petit garçon des affaires publiques comme s'ils sortaient ensemble du Conseil des ministres créait le merveilleux. Lecteur, à ma façon fils adoptif, et donc frère de Pascal, comme lui j'ai marché. » Oui, devinez qui écrivit ces lignes à la fois complaisantes, émues et magistrales ? François Mitterrand lui-même, un an tout juste avant sa première élection.

À l'époque, cette signature de gauche apaisa les scrupules de mes quinze ans. Ainsi, on pouvait se réclamer d'un humanisme sans faille et ne pas jeter l'opprobre sur ce nom qui fut celui de mon grand-père avant que je l'endosse avec mes frères. Mais lorsque j'appris avec les Français, bien plus tard, les errances vichyssoises de la jeunesse de F. Mitterrand, son amitié insubmersible (et indéchiffrable) avec Bousquet, cet hommage vibrant prit subitement une autre coloration : dans cette postface, on ne trouve aucune réserve sur l'action publique et le passé du Nain Jaune… Rien, pas même l'esquisse d'une allusion.

Comment surmonter Vichy… cet épisode tricolore qui incommode ma mémoire, ce spasme haineux, cette impasse ténébreuse dont je n'ai jamais guéri.

Le destin devait me fournir une occasion tardive de nettoyer mon nom de cette erreur. En 1997, la France eut le déshonneur de traverser une année électorale où l'on vit renaître une extrême droite mal élevée. Un borgne de cauchemar osa se prétendre plus français que nous et kidnapper Jeanne d'Arc à Saint-Nicolas-du-Chardonnet. Alors, modestement, je résolus de servir mon époque en fondant des associations avec des amis. À notre façon, nous voulions gouverner le réel. En quelques années, nous envoyâmes près de onze mille retraités volontaires dans les écoles primaires et maternelles de ce pays. Leur mission ? Transmettre aux nouveaux Français le goût de la lecture. Cette aventure s'appela *Lire et Faire Lire.* Général d'une armée aux cheveux blancs, j'eus le sentiment de *réparer* un peu. Puis nous créâmes un réseau de bénévoles qui, en prison, tentent jour après jour d'étoffer le lexique des jeunes détenus. Suivirent d'autres programmes civiques. Souvent, j'entendis cette phrase réconfortante :

— C'est bien ce que vous faites, *monsieur Jardin*...

Comment expliquer que je n'étais pas un *mec bien* mais un *coupable honnête*.

La voix d'un nudiste pressé

Retour à Mougins. Je pénètre chez Zouzou et trouve sur sa terrasse, mollement installé dans un fauteuil Louis XV, un homme nu. Aurait-elle opté pour une tardive intempérance érotique ? Le nudiste se lève et m'accueille, les bras en corbeille.

Bien qu'il ait vieilli, je reconnais la figure mobile de Léonard de P. : l'un des familiers de la Mandragore qui fit le serment à l'âge de dix ans de ne plus jamais masquer son corps, ses idées et surtout ses émotions éruptives. Les hypocrisies glaciales de sa famille neuchâteloise l'avaient écœuré. Depuis 1932, ce citoyen helvétique, héritier d'une fortune rondelette bâtie dans la chimie, vit donc à poil. Ses arrestations furent nombreuses – les douaniers, notamment, ne semblent guère apprécier son nudisme intégral (physique et moral) ; ce qui ne le détourna jamais de ses principes cristallins. Parfois contraint, il n'alla cependant jamais au-delà d'une concession minimale : il se peignait alors d'illusoires vêtements à même la peau, d'étonnants costumes de chair. La substantialité de son compte en banque acheva de le protéger.

Naturellement, la liberté de cet insoumis ne pouvait que le conduire… à la Mandragore. C'est un article publié dans la *Feuille d'avis de Vevey* qui mit l'Arquebuse sur la piste de cet être viscéralement antisocial, vers la fin des années soixante-dix ; ce qui représenta un coup de chance. Ennemi de toute publicité, Léonard refusa tout au long de sa vie de répondre aux questionnements ébahis de la presse. Sa nudité militante ne tenait pas du numéro de cirque mais bien d'un choix fort. Et puis, chez lui tout procédait par accès, de façon spasmodique : il n'aurait pas pu rester en place le temps d'une interview, même fugace. Depuis lors, l'exhibitionniste *intégral* ne cessa jamais de rendre des visites subreptices aux double-rate lorsqu'il repassait par l'Europe.

Ce jour-là, Léonard de P. se trouve provisoirement à Mougins chez Zouzou, ultime refuge de la culture Jardin. Nous nous servons un verre. Je lui apprends que son destin m'a inspiré un livre bref intitulé *Lord Tout nu* ; ouvrage introuvable dans le commerce, publié par un éditeur aussi farfelu et attachant que marginal. En effet, Vincent Safrat ne vend sa littérature que dans les cités à la dérive au prix *réaliste* (je le cite !) de soixante-dix cents par ouvrage. Touché, Léonard m'en remercie et me débite des propos fébriles :

— Zouzou vient de me confier que tu écris sur ta famille. Et elle s'inquiète…

— De quoi ?

— Seras-tu capable de nudisme ? me demande-t-il gravement.

— C'est le principe même de mon livre.

— Je parle de nudisme exhaustif. Si tu apprenais brusquement la vérité sur les mœurs des tiens, aurais-tu le cran de cesser enfin de te raconter des balivernes ?

— Heu… oui, je crois.

— Oui ou non ?

— Oui.

— Alors voici *la vérité*, souffla-t-il en me remettant un volumineux manuscrit que j'avais cru mythique jusque-là.

Il s'agissait du fameux *Registre des amours des Jardin*, tenu à jour par l'Arquebuse tout au long de son règne – et complété par Zouzou du 15 juillet 1982 au 14 juillet 1983. Document dans lequel mon aïeule consigna depuis 1922 la moindre de nos liaisons (avérée, espérée ou déplorée) ; à l'exception de celles de ma mère que l'Arquebuse tenait bizarrement pour une non-Jardin. Personne n'avait jamais eu accès à ce minutier de nos audaces. D'où le parfum de légende qui flottait autour de ce texte que Zouzou avait toujours évoqué en riant.

— Je croyais que ce texte était une légende. Où l'avez-vous trouvé ?

— Ta grand-mère me l'a confié à l'extrême fin de sa vie. Toute votre sexualité est couchée sous cette couverture.

— Toute ?

— Oui, je l'ai consulté et – pour ce qui me concerne – les détails sont exacts : virtuosités fellatoires, habiletés dilatoires, taquineries d'érotomane savant…

— Pourquoi, tu as… ai-je murmuré en pâlissant. Au sein de ma famille ? Mais… avec qui ?

— Lis ces pages.

Nu comme un singe bien élevé, Léonard

bondit dans son véhicule aux vitres fumées. Un chauffeur – vêtu – l'attendait. Les fesses nacrées du Suisse disparurent dans la voiture sombre. Il venait de dégoupiller une dangereuse grenade de papier.

Zouzou m'a dit

Toute la nuit, j'eus la trouille de consulter ce *Registre des amours des Jardin.* Et si j'apprenais que… Mais que pouvais-je bien encore redouter ? Le Zubial s'était nécessairement montré plus *inventif* que je ne l'avais imaginé dans ses explorations sensuelles. Le Nain Jaune avait forcément suborné des sourires démodés et osé de radieuses embardées. Quant à l'Arquebuse, il entrait dans son personnage d'avoir expérimenté sans retenue d'inédites griseries. Les liturgies classiques – en amour comme en tout – ne lui ressemblaient guère. Ma cousine, casse-cou comme la plupart des femmes Jardin, me réservait assurément d'insolites romances.

Mais je craignais surtout d'entrevoir le passé réel de Zouzou. Cette solitaire qui circulait à présent en tandem – au cas où… – ne méritait-elle pas l'apaisement du secret, ce luxe qui nous fut toujours interdit ? Je préférais demeurer dans l'idée que ses jeudis privés avaient été consacrés aux chastes satisfactions de la flânerie en compagnie de ses chiens, au bord du lac ou sur les déclivités vaudoises. Son personnage, fait de candeur et de droiture, me rassurait ; comme s'il fallait qu'au moins un membre de mon clan eût maintenu jusqu'au bout l'originalité d'être normal. Ce rôle revenait de plein droit à Zouzou ; lui en découvrir un autre m'eût fait tanguer.

Et puis, j'étais inquiet de profaner l'existence de ces êtres que j'ai tant aimés. Me raconter de reluisantes histoires à leur sujet – comme je m'y emploie dans ce livre – me protégeait de bien des nausées. Aussi avais-je la pétoche de passer de ma vérité, mille fois retouchée, enluminée et pour tout dire poétisée, à l'abrupte réalité, enregistrée par une greffière fascinée par les détails…

Le lendemain, je fis part à Zouzou des craintes immenses que m'inspirait ce registre. Elle eut alors ce mot qui me dérouta :

— Le pire pour toi serait que ce document soit presque vide…

— Incomplet ?

— Non, vide. Que nous ayons tous été, finalement, très sages.

— Impossible.

— Et si nous avions vécu davantage par imagination qu'ici-bas ?

Cette hypothèse – que je n'avais pas envisagée une seconde – me terrifia : je résolus aussitôt d'enterrer ce répertoire dans un coffre numéroté en Suisse. Il me parut insoutenable qu'un document précis et fiable certifiât notre éventuelle prudence. Qu'allais-je devenir si l'on me dépouillait de mes légendes ? Un écrivain à poil ; plus nu encore que Léonard de P. À quoi rimeraient mes propres livres si je ne les avais écrits que pour et contre une famille réduite à une pure fabrication personnelle ? Je n'avais tout de même pas commis de simples *romans*...

Tracassé par ces interrogations, je fis transférer à Genève le jour même le *Registre des amours des Jardin* en rêvant aux mille aventures que ce volume *devait* renfermer. Habituée à ces pratiques occultes, Zouzou se chargea des détails bancaires. Quand j'eus la confirmation que ce magot mémoriel était bien sous clef, comme en réserve de mon avenir, je me sentis presque soulagé : je conservai ainsi la liberté de prêter aux miens d'irréels épisodes. La bombe était désamorcée. Rasséréné, je posai à Zouzou une dernière question :

— Que reste-t-il de nos amours, de notre liberté ? Où sont passés les archives secrètes de Jean, les poèmes d'Emmanuel, les manuscrits inversés de Merlin, les lettres de l'Arquebuse, les cent dix scénarios de films écrits par le Zubial, les photos de nos béguins, les tonnes de bouquins qui les soignèrent ?

— Tu ne possèdes rien ?

— Rien qu'un seul objet... une *raquette pour idées folles* que le Zubial m'avait offerte pour mes sept ans. C'est peu...

— Ou beaucoup.

— Ah non... j'ai aussi le revolver de Jean, celui avec lequel il lui est arrivé de tirer sur les amants de l'Arquebuse.

— C'est encore mieux.

— Tout ce que nous avons été n'a pas pu disparaître...

— Il te reste aussi le *Registre des amours des Jardin*, fit-elle observer avec tendresse.

— Pour plus tard...

Tant qu'il y aura des double-rate

Avec le temps, les pendaisons et autres sorties de route, je pensais les miens en voie d'assagissement. Moi-même, je commençais à me regarder avec la satisfaction béate du rescapé. Les générations qui avaient survécu à Verdelot et à la Mandragore me paraissaient moins saturées d'excès, plus dignes des leçons de Zouzou que des prêches de l'Arquebuse.

C'était compter sans les lois déroutantes de l'hérédité et la manie que nous avons de fréquenter des déréglés.

Depuis quelques années, je me soigne de mon angélisme par des exercices pratiques : de temps à autre, j'escorte dans ses équipées Pascal R., un paparazzo funambulesque qui m'invite à mater le fond le plus crasseux de l'âme humaine. Hélas pour lui, il ne devint un familier de Verdelot qu'après les grandes années zubialesques. Comme pour se rattraper, Pascal R. a donc pris l'habitude de me prévenir chaque fois qu'une star le convoque en douce – à l'insu de son partenaire – pour se faire prétendument *surprendre* en galante compagnie dans un hôtel de luxe ou sur une plage hérissée de cocotiers. Ce procédé destiné à relancer la frénésie du public voyeur et à rafler de substantiels dommages et intérêts (défiscalisés) devant les tribunaux m'a toujours fasciné. Comment peut-on faire usage de son propre corps, et immoler sa candeur, en se livrant à de pareilles trahisons ? Voir *pour de vrai* le cynisme en action ne cessera jamais de me subjuguer.

Ce matin-là, Pascal m'invite à escalader les toits d'un Paris qui sent la fraude fiscale. Appuyé sur une cheminée, il braque son téléobjectif indiscret vers les fenêtres d'un palace illustre en grommelant :

— Merde… derrière quelle fenêtre sont-ils ? Elle m'a dit qu'ils avaient réservé la suite 602… normalement, c'est au sixième.

Son appareil photo scrute le sixième étage et, soudain, s'arrête. Effaré, Pascal murmure :

— Ça alors… regarde la troisième fenêtre.

Les rideaux sont entrouverts. C'est le ministre de… à poil, avec le mari de… Le chanteur, tu sais.

— Tu vas prendre le cliché ?

— Non, répond-il outré.

— La photo ne vaut rien ?

— Si, une fortune. Mais aucun de ces deux-là ne m'a prévenu. Moi je fais ça pour rendre service, question de morale… Il y a suffisamment de voyous chez les stars pour que je puisse faire mon boulot honnêtement.

Je reste coi. La stridence du téléphone portable de Pascal nous fait sursauter. Il décroche. Je perçois dans l'écouteur la voix célèbre de l'actrice qui l'a prié (fermement) de prendre le cliché – l'une des trois plus grandes stars françaises. Ponctuelle, elle le rappelle pour l'avertir qu'elle a préféré changer de suite afin de profiter d'un meilleur éclairage… Cette méticulosité dans l'abjection me laisse pantois. La carnassière nous fournit de précieuses précisions balistiques : cinquième étage, huitième fenêtre en partant de l'angle du boulevard. Puis, ayant accompli son forfait, elle déclare qu'elle ouvrira les rideaux de sa chambre dans quinze secondes et raccroche.

Étranglé de stupeur, je demande :

— Mais… elle appelait d'où ?

— De la salle de bains.

— Et le type, il est où ?

— Dans la piaule, juste derrière la cloison.

— Il ne sait rien ?

— Rien.

— Oh la vache…

Un instant, j'imagine le pigeon, diablement amoureux, attendant dans le lit que son ange le rejoigne. Comment peut-il imaginer une seconde qu'il étreint un crocodile photogénique, une authentique garce de cinéma ? Dans la foulée, les épais rideaux de la huitième fenêtre s'ouvrent. Fasciné par le spectacle de ce haut cynisme, je prie Pascal de me laisser regarder dans l'objectif pour apercevoir le visage de la femme serpent au moment même où elle s'enroule autour de sa victime. Mais l'habitué de Verdelot, soudain affolé, m'écarte en blêmissant.

— Non, murmure-t-il. Je ne peux pas prendre la photo…

— Pourquoi ?

D'autorité, je me plante devant l'appareil, fixe l'émail de mon œil gauche devant le viseur et…

pousse un cri. Derrière la vitre, l'homme nu qui lutine la star est… un double-rate, un membre de ma tribu ! Surmarié, bien entendu… J'en reste abasourdi. Nos virées sensuelles n'auront-elles donc jamais de fin ?

Mais la chute fut plus inopinée encore.

L'après-midi même, je téléphone au manipulé pour l'avertir du traquenard. Je lui dévoile aussitôt les pratiques redoutables de la dame célèbre, le mets en garde contre les suites médiatiques de cette liaison minée.

Et lui de me répondre sur un ton salguien :

— Quand elle a ouvert les rideaux, je m'en suis douté. Elle prenait bizarrement la lumière du soleil, se mettait de profil. Mais… comment te dire ? Ce risque suspendu au-dessus de ma tête, c'était encore plus excitant. J'ai enfin connu le ciel !

Tant qu'il y aura des double-rate… Resterons-nous veufs à jamais de cette enfance ?

Retour à la Mandragore

Pourquoi Zouzou accepta-t-elle de retourner à Vevey avec moi à l'automne 2004 ? Sans doute succomba-t-elle à un regain de nostalgie jardinesque. Besoin de s'assurer, peut-être, que le cirque étourdissant qui fut le nôtre avait bien planté son chapiteau quelque part. Ce passé ressemblait tant à un festin de chimères…

Nous partîmes à trois un samedi matin. Dizzy – frère de cœur du Zubial – avait émis le souhait de faire ce pèlerinage avec nous. Ayant une connaissance intime des tribulations de ma jeunesse, sans doute espérait-il retrouver là-bas un fumet de liberté, des bribes de cette époque dédiée à la fantaisie la plus abyssale. S'évader des routines tenta toujours ce gibier des grands espaces, inapte au vivotement.

Je lui avais décrit Zouzou comme une svelte

personne fort appétissante, au corps sans angles et à la fraîcheur obsédante. Jean d'Ormesson – dont les yeux bleus en érection ne se posèrent jamais sans trouble sur une jolie femme – lui avait confirmé mes dires (on raconte qu'ayant tenté de rejoindre Zouzou un soir dans son lit, l'académicien empressé aurait eu le déplaisir d'embrasser goulûment le Nain Jaune, avant de pousser un cri de surprise – il se serait trompé de chambre ; mais je ne saurais certifier l'anecdote). Une photographie lumineuse, en noir et blanc, avait également fait espérer à Dizzy une rencontre avec cette silhouette ensorcelante.

Aussi parut-il surpris quand il aperçut sur le quai de la gare de Lyon un pruneau fripé aux dents proéminentes, une carcasse arachnéenne qui déplaçait ses rhumatismes avec peine. Cette âme rabotée, c'était Zouzou, emmaillotée dans des oripeaux de style mésopotamien. Quel choc… Restait un fragile sourire, surmonté d'yeux jaunis qu'environnait une face détériorée, vestige d'un faciès jadis radieux. L'aspect spongieux de ce qui subsistait de sa chevelure inspira à Dizzy un mouvement de recul. Ses lèvres : deux brèves limaces. Où était passée la sylphide, la coqueluche de la Mandragore ?

Celle qui subjugua les Jardin. Certes, Zouzou n'était pas telle que je la décris (même pas du tout, qu'elle me pardonne…) ; mais j'avais tant vanté à Dizzy sa vénusté qu'il la vit ainsi.

Poli et navré, Dizzy monta dans le train où il eut le déplaisir de mastiquer la salade de fleurs diverses que Zouzou lui proposa. Prévenante, elle avait eu à cœur de nous faire déguster ses spécialités pendant ce périple ferroviaire. Mais Dizzy cala devant les beignets de fleurs de courgette refroidis et flasques : de simili-gants de toilette humectés d'huile d'olive. Voulant m'être agréable, il consentit cependant à boire un infâme sirop de sureau.

— C'est bon pour les vers, lui assura Zouzou.

— Les vers… bredouilla Dizzy. Quels vers ?

— Vous ne possédez pas de ténia ?

— Je n'ai aucun faible pour les animaux domestiques, répondit-il avec distinction.

Dizzy me jeta alors un long regard interrogatif, comme pour me demander s'il était exact que Zouzou avait été *normale.* Le quart de siècle vécu au contact des double-rate n'avait-il pas fêlé irrémédiablement cette ancienne jeune femme ? Les yeux de Dizzy me disaient aussi qu'il ne comprenait pas bien pourquoi je décrivais encore cette gauchère comme une beauté flagrante. N'avais-je pas rêvé Zouzou ?

Pendant tout le voyage, cette dernière eut un visage de tombeau. Avec la volubilité d'un Cocteau, Dizzy s'efforça de la divertir en lui donnant un aperçu de la collection d'aphorismes dont il dispose. Puis il tenta de lui faire évoquer tel ou tel épisode ; mais Zouzou haussait les épaules en levant les yeux au ciel à chaque fois qu'il prononçait un mot clef : yéti, valises remplies de billets de banque, le *cabanon*, chèques en blanc, princesse ratatinée de Hohenzollern, Zaza... Muette et comme enfermée dans un corridor de ténèbres, Zouzou semblait cuver sa souffrance, digérer de l'amertume et subir au plus profond d'elle-même de terribles craquelures. Sa mémoire torrentueuse l'oppressait. Pas un instant elle n'eut la gravité légère d'une double-rate ni la courtoisie de paraître heureuse.

Nous arrivâmes mutuellement déçus en gare de Vevey.

Le désappointement de Dizzy ne faisait que commencer. D'emblée les gardiens enturbannés de la Mandragore – afghans, sans doute – nous refusèrent avec des mots acerbes l'accès à la villa, au motif que les nouveaux propriétaires ne recevaient personne *pendant la durée des travaux*. L'air de Moyen Age qui flottait sur leurs physionomies ravinées ne nous donna guère envie de forcer la grille.

Enfin quelque chose advint.

Sur le quai de la place du marché de Vevey, je résolus de louer un bateau : j'étais décidé à passer par le lac pour rejoindre coûte que coûte mes souvenirs. La Mandragore se trouvait à une vingtaine de minutes de navigation. Zouzou jugea imprudent de braver les turbans mais Dizzy, friand d'aventures, cita Livingstone, invoqua les mânes d'Alexandra David-Neel et insista pour embarquer sur-le-champ. Il n'avait pas renoncé au Chili, le vrai, pour se laisser intimider par quelques mines afghanes…

Nous appareillâmes dans une brume dense, si peu délayée qu'on se distinguait à peine sur le canot à moteur. Floutée, Zouzou en perdit progressivement ses rides. Se sentit-elle requinquée par ce lifting climatique ? Toujours est-il qu'elle retrouva sa voix d'antan, le pétillant de ses intonations claires de jadis. Le charme opéra… et je devinai Dizzy soudain moins contraint, plus loquace, presque sensible aux séductions de ce tendron ressuscité. Une sorte de cordialité s'établit entre eux. Cernée de brouillard, Zouzou n'était plus un âge mais à nouveau une féminité disponible.

Nous approchâmes enfin des hautes digues de la Mandragore. Tel un bungalow de pierre géant, l'énorme bâtisse 1900 se trouvait anéantie par les vapeurs lémaniques ; mais, même estompée, elle conservait une tenue silencieuse et imposante, une odeur de tradition. Mes jeunes années étaient bien là, derrière ces pâles écrans de gouttelettes qui flottaient dans l'air, au-delà de ces eaux indivises où se mélangèrent la gaieté et les désarrois de mon enfance. Intimidés par l'amas de souvenirs qui nous faisait face, nous cessâmes de parler. Le spectre du Nain Jaune devait me regarder de sa fenêtre du deuxième étage.

Le bateau pénétra dans le petit port, sous l'œil de granit des gros lions qui en défendent toujours l'entrée. Nous nous attendions à tout instant à voir surgir une brute afghane au visage rogue, mais rien de tel ne se présenta. Nous pûmes accoster sur le ponton. En tendant la main à Zouzou pour l'aider à débarquer, Dizzy se sentit, je le crois, pousser une double rate. Sa galanterie fit naître en Zouzou je ne sais quelle émotion endormie. En foulant le tapis brosse de notre gazon, elle eut soudain l'air de se rappeler qu'elle possédait un tandem.

Les plantations du jardin avaient certes été remaniées – les massifs n'étaient plus voués à des variétés comestibles – mais le bâtiment nous parut intouché jusqu'à ce que nous nous aperçevions… qu'il était creux ! La falaise minérale de la façade se tenait toujours droite, mais elle semblait un mince décor de cinéma tenu verticalement par des équerres géantes. Un village Potemkine… Les travaux exécutés par les nouveaux propriétaires n'avaient laissé intactes que les parties apparentes de la villa. Mon enfance avait été entièrement vidée de son contenu. Le parquet de la princesse endiamantée avait disparu. L'étage où le Nain Jaune avait jadis servi son valet de chambre, le deuxième niveau où l'Arquebuse avait follement aimé Morand, le *kikajon* où Y. Salgues m'avait invité à commettre *le crime de l'innocence*, tout cela s'était volatilisé. L'empilement de nos appartements avait fait place à un énorme néant. En levant la tête, je fus gagné par le vertige. Le ciel suisse tenait lieu de charpente à cette Mandragore fantomatique, comme réchappée d'un bombardement berlinois.

Zouzou et moi en restâmes sonnés, tandis que Dizzy déclara avec exaltation en sautant sur les décombres :

— Sublime ! Inespéré ! C'est dans ce vide colossal que tu construiras ton livre. Tu as désormais toute la place…

— Dizzy a raison, balbutia Zouzou sous le choc. Maintenant, tu dois publier ce drôle de livre. Vite… Il faut combler ce creux.

Alors arriva l'incroyable, ce type d'événement que seuls les Jardin surent déclencher et, hélas, si souvent subir. Nous vîmes débouler sur le chantier, escortée de contremaîtres casqués, la blonde élégance de Bouche d'or. Non je n'avais pas rêvé, c'était bien la dernière compagne du Zubial qui venait de surgir dans cette arène de pierre. Celle-là même qui, devenue presque veuve en 1980, eut la folie d'aimer mon frère Emmanuel pendant trois ans afin ne pas quitter l'odeur et la peau du Zubial. Cette désespérée qui confondit le fils et le père pour demeurer à tout prix *une femme Jardin*. Mais que diable faisait sa joliesse bourgeoise au milieu de ces gravats fumants ?

Deux gardiens afghans aboyèrent dans notre direction ; mais Bouche d'or, sidérée de nous trouver là, fit taire les turbans avec autorité. Son visage, vieilli mais toujours magnétique, blêmit aussitôt. À soixante ans, sa séduction restait une offensive de tous les instants. En une seconde, je compris que la nouvelle maîtresse des lieux ne pouvait être qu'elle. Mais qu'avait-elle bien pu raconter à son mari fortuné lorsqu'elle l'avait prié – ou sommé – de racheter la Mandragore ? Lui avait-elle confié que cette villa fut pendant un demi-siècle l'épicentre de l'univers des double-rate ? Avait-elle osé lui dire qu'elle ne s'était jamais remise d'avoir été une compagne du Zubial ? Savait-il seulement que Bouche d'or faisait partie des assidues de la fameuse messe du 30 juillet à Sainte-Clotilde ?

— Qu'as-tu fait ? bredouilla Zouzou en montrant le courant d'air qui soufflait dans notre décor d'antan.

— J'ai voulu m'installer ici, répondit Bouche d'or d'une voix tremblée. Et puis je n'ai pas supporté… Alors j'ai tout cassé, pour me refaire de l'intérieur.

Comprenant à mi-mots la situation, Dizzy hasarda une brève question :

— Vous avez *personnellement* connu le Zubial ?

Bouche d'or tenta d'articuler un mot, mais son visage se froissa. Ravagée de larmes, elle tomba dans les bras de Zouzou qui devint fontaine à son tour. Ces deux victimes n'avaient jamais su se réadapter à un univers de mono-rate, de non-ambidextre, de citoyens possédant des papiers d'identité, d'amants décourageables. Comment leur en faire reproche ? Si le Zubial signa trop souvent des films faits d'expédients, en amour il eut la crampe du chef-d'œuvre. Le Nain Jaune, Merlin et les autres avaient eux aussi contracté la manie d'être indélébiles dans la vie de leurs maîtresses ; même à l'heure de leur crépuscule sexuel. Sévère héritage…

Ébranlés, nous repartîmes le soir même pour Paris, laissant Bouche d'or aux prises avec sa mémoire hantée et ses clarifications tardives. Cette surprise me laissa retourné. Mais elle avait au moins eu le mérite de dissiper toute ambiguïté entre Dizzy et Zouzou ; ce qui m'arrangeait. Je n'aurais guère apprécié que *mon héroïne* en vienne à copuler avec *mon éditeur*…

Les confusions romanesques, j'en avais soupé. Du moins le croyais-je.

Delon l'impromptu

Un coup de téléphone désarçonnant me réveille. Presque arrivé au terme de ce livre, je pensais en avoir fini avec mes décantations mémorielles ; et voici qu'un producteur me rappelle à mon hérédité :

— Allô, Jardin ? Je voudrais que vous écriviez un film pour Alain Delon…

Cette phrase, combien de producteurs de cinéma l'ont prononcée dans les années soixante et soixante-dix ? Quinze génériques au moins associent les noms de ces deux-là (*La Veuve Couderc*, etc.). Jardin était un autre, mais Delon, lui, est resté le même : une violence racée, une irrévérence fondamentale, un kamikaze affectif toujours en avance d'un malheur. Au bout du fil, le producteur me propose de faire *un film drôle et sensible* avec cet acteur spécialisé dans le désespoir viril. Je réfléchis et, puisant dans mes gènes Jardin, me mets aussitôt à concevoir une histoire quasiment muette. Mon projet est de tirer le maximum de colère – et donc d'émotion – de cet expert en coups de gueule. Comme Gabin, Delon possède un visage plus éloquent que la plupart des dialogues, et des regards qui valent des menaces de mort. Cette comédie drolatique s'appellera *Gros chagrin.*

Rendez-vous est pris avec Delon à Genève pour examiner ensemble ce chagrin qui, je l'espère, fera rire les Français. Je ne l'ai pas revu depuis l'été de mes quinze ans. En 1980, le fauve avait surgi lors de l'enterrement du Zubial à Sainte-Clotilde pour y lire un chapitre de *La Guerre à neuf ans* et témoigner de la chimie passionnelle de leurs échanges. La première fois que je l'avais rencontré, enfant, c'était également dans une église ; fictive celle-là, un décor de chapelle bretonne bâti dans un studio de cinéma à Boulogne. Déguisé en abbé, Delon y déclamait une homélie sur la femme des autres, un texte véhément du Zubial. Toute la théologie érotico-sentimentale de mon père... Les deux images se superposent : le prêtre burlesque de 1972, le véritable ami aux larmes retenues, les lieux de culte embrumés d'encens et de fumigènes d'accessoiriste. Mais en 1980 la mort, elle, était bien au rendez-vous et le prêtre qui officiait n'était pas un comédien.

À l'âge de douze ans, j'avais aperçu Delon une deuxième fois, à la Mandragore. Ce soir-là, je regardais justement l'un de ses films à la télévision avec ma grand-mère – un polar dans lequel il interprétait un gangster – lorsque le pur-sang avait surgi en compagnie du Zubial. Sans distinguer le fugitif tout en nerfs qui haletait sur l'écran de l'homme qui venait de faire irruption dans son salon, l'Arquebuse lui avait lancé avec irritation :

— Vous devriez vous rendre. Sinon la police vous tuera !

— Mais j'y songe, madame, avait répliqué la star médusée avant de s'éclipser avec mon père.

Vingt-huit ans plus tard, en 2005, je me rends donc à ce curieux déjeuner genevois en empruntant – pour la dernière fois ? – la peau du Zubial. À nouveau, je me sens gagné par une sensation trouble… à la fois inconfortable et grisante. Puis-je sans risque laisser fermenter en moi les réflexes du père et la vérité du fils ? Au moment même où je m'apprête à clore notre saga. Huit jours auparavant, j'étais justement allé passer une échographie pour vérifier l'état de ma rate ; et j'avais pu constater avec soulagement que je n'en possédais qu'une seule. Alors... pourquoi me conduire encore comme si j'en détenais une seconde ? Pourquoi jouer une fois de plus la partition du Zubial en m'attelant à cette comédie ?

Mal à l'aise, je décide brusquement, en gare de Bourg-en-Bresse, de revendiquer ma monorate en faisant demi-tour. Au diable ce *Gros chagrin* et mon enfance ! Lâchement, je déclare au couple de producteurs qui m'escorte que je m'absente un court instant en prétextant une urgence urinaire... Mais à peine ai-je fait une dizaine de mètres sur le quai de la gare que le producteur, en fin renard, bondit par une portière, me saisit par le col et me remet de force dans le TGV qui redémarre. Une volonté têtue semble s'échapper par tous les pores de sa peau. Lui et sa femme tiennent à leur film comme moi à ma rate solitaire.

Un sentiment de ras-le-bol me submerge. Pourquoi diable n'ai-je jamais choisi les trains de ma vie ? Pourquoi suis-je toujours monté dans ceux que les Jardin m'avaient désignés par avance ? Je ne voulais pas devenir un gibier de rentrées littéraires : Verny et sa séduction m'ont dévoyé. Un producteur hors série, Alain Terzian, m'a rêvé metteur en scène de cinéma : docilement, j'ai joué ce rôle de composition alors que l'image n'est pas ma langue instinctive. Mon père et ma mère m'attendaient-ils sur la scène sociale et politique ? Je me suis avancé sur le terrain associatif plus souvent qu'à mon tour. Je n'ai jamais su dire non, comme le Nain Jaune d'ailleurs. Froisser une attente me crucifie, décevoir un désir me désespère. J'acquiesce maladivement sans jamais me demander à quoi je renonce en embrassant tout : le grand écran, la littérature pour adultes, vieillards et enfants, l'activisme civique. Quel est le prix exact de cette gloutonnerie indistincte ? On ne peut être éternellement ambidextre en tout…

À quarante ans, dans ce train qui se rue vers Genève, je ne veux plus m'éluder. Comment faire réellement fructifier le legs immense des Jardin ? Ce prologue familial – étalé tout au long du XXe siècle – doit déboucher. Mais quelle issue donner enfin à notre héritage ? Aurai-je l'estomac de me jeter *pour de bon* en politique (en acceptant d'endosser des convictions grégaires), vais-je m'engloutir dans la folie omnivore du cinéma ou oserai-je entamer une carrière d'éminence grise… Quel parti prendre résolument ? Suis-je capable de me résigner au pire… *devenir écrivain* ? Cette question peut surprendre, venant d'un auteur qui a déjà plus de dix romans (avoués) sur la conscience ; ce qui pourrait passer pour l'amorce d'une œuvre, ou du moins son prélude. Mais je dois l'avouer sans détour : je n'ai jamais écrit – à quelques chapitres près – qu'avec la distance d'un incroyant qui pratique son culte sans foi. Je ne risque ma plume dans aucune détresse et déserte volontiers devant mes ambiguïtés. Quelque chose en moi *n'y va pas.* Se donner le ridicule de mettre du sérieux dans cet art (ou de pesantes intentions) m'est toujours apparu comme risible. Élevé chez les ironiques double-rate, je ne parvenais pas à croire en ce genre de posture…

La main courante de nos amours

La rencontre avec Delon eut lieu sur les eaux étales du Léman, dans un canot à rames.

— Bonjour Jardin, me lança-t-il avant de se mettre aux avirons. Je t'attends depuis l'été 1980. Un quart de siècle, c'est long... Que m'écris-tu, Pascal ? Alex... Je t'appellerai Pascal et tu ne t'en formaliseras pas, entendu ?

Le ton était donné. Tout dans son attitude disait sans équivoque qu'il s'adressait au fantôme de mon père, devenu subitement un revenant. Étrangement fasciné par ce jeu, *Pascal* lui répondit avec des intonations zubialesques. Je perdis pied. Cinq minutes plus tard, Delon et Jardin naviguaient sur les eaux de l'amitié, celle qui se noua à la fin des années soixante. Le mensonge de la mort était aboli. La passion de refaire du cinéma les ressoudait ; et moi je m'égarais. Alors, brusquement, l'acteur possédé par ses songes me cogne d'un regard et me pose une question inattendue :

— Sais-tu à quel point ta mère était belle ?

— Oui.

— Un démon… laisse-t-il échapper.

— Pardon ?

— Est-il exact qu'elle aima un certain William P. en 1975 ? me demande-t-il soudain l'œil mauvais.

— Pourquoi ?

— C'est essentiel pour moi. Il s'agit même d'une question de vie ou de mort.

— Il y a une façon de le savoir et de sortir une fois pour toutes des demi-vérités. La réponse la plus fiable se trouve là… Juste en face.

Sûr de mon fait, je lui indique un immeuble qui surplombe les quais de Genève.

— Là, dans un coffre numéroté de l'Union de banques suisses.

— Vous placez vos secrets de famille à l'UBS ?

— On n'est jamais trop prudent. Mais… j'ai une requête un peu spéciale : accepteriez-vous de jouer le rôle principal dans le dernier chapitre du livre que je consacre aux Jardin ?

— *Je jouerai dans ton livre !* me réplique alors avec superbe cet être quasi fictif. Incarner le crépuscule d'un texte me convient. Je n'aime que les entrées et les sorties de scène…

— Pour cela, il faudra m'accompagner.

— Où, quand, comment ?

— Dans la salle des coffres, là où dort le *Registre des amours des Jardin…* Toutes nos liaisons y sont scrupuleusement consignées depuis 1922. Pas un baiser n'a échappé à la main de la greffière, ma grand-mère (j'ignorais encore que les curiosités sensuelles de ma mère ne figuraient pas dans ce texte).

— Pas un ? reprend Delon soudain inquiet.

— Hélas…

— Mais alors… c'est une bombe ! commente l'acteur en frémissant.

— Je l'espère. Une bombinette me chagrinerait…

— Quand tu écriras l'épilogue de ton livre, tu me feras le plaisir de rectifier le nom de ce document. *Registre des amours des Jardin*, ça fait tribunal de commerce. Tu l'appelleras… *La Main courante de nos amours*, ça sonne mieux. Si je dois jouer dans ton chapitre, je veux que tout y soit… sans faiblesse.

Une semaine plus tard, Zouzou rappliqua. Sans elle, nous ne pouvions avoir accès au fameux coffre. Se joignirent à nous les vestiges d'une époque : Bouche d'or en grande tenue de veuvage, Claude D. (l'homme qui m'arracha au théâtre à l'âge de dix-huit ans), un ancien Premier ministre alerté par Zouzou (pourquoi ce renard avait-il débarqué si vite ?), Joseph de B., compagnon de seringue de Salgues qui dirigea longtemps le zoo de Vincennes (que firent-ils nuitamment dans les cages ?), le très vieilli Jean T. que j'avais prévenu en toute hâte. Mais il y avait aussi notre incorrigible chasseur de yéti John-John Carpenter (retiré désormais dans les Grisons), le toujours fringant Wilfried Rumpelmayer et… une très jeune fille jardinophile au teint frais. Léonard de P., le nudiste convaincu, voulut être des nôtres ; mais, arrêté une fois de plus par la police genevoise, ce dernier arriva très en retard. Naturellement, Dizzy nous avait ralliés. Fébrile, mon cher éditeur espérait connaître enfin l'historique sexuel de notre clan, la chronologie détaillée de nos outrances.

— Et puis, me dit-il, que risque-t-on ? Au

pire, tu seras déçu… Et une déception, pour un écrivain, c'est toujours bon à prendre.

Delon prit la tête de cette singulière escouade et nous pénétrâmes à l'heure dite dans la salle des coffres de l'Union de banques suisses, à Genève. Étrange cérémonie vouée au culte de la vérité… Pourquoi diable tous ces êtres étaient-ils venus ? Quelle précision érotique manquait à leur sérénité ? Dans quels lits de double-rate s'étaient-ils aventurés personnellement ou par conjoint interposé ? Quelle révélation sulfureuse craignaient-ils encore ? Par qui avaient-ils été trompés, ensorcelés ou supplantés ? Étaient-ils conscients que nous ignorions totalement la puissance de la machine infernale que nous allions dégoupiller ?

Tous, nous attendions le fin mot des amours des Jardin.

Avec la puissance de la froideur, Delon s'adressa à nous :

— Quoi que nous apprenions par ce document, je vous demande de rester dignes, de ne pas crier et de n'insulter personne. *Pascal* m'a prié de vous lire les extraits qui correspondent aux dates précises qui vous intéressent. Nous

nous en tiendrons à ces passages. Procédez à l'ouverture, je vous prie.

Docile, Zouzou s'exécuta. Le coffre-fort livra alors son trésor, le fameux cahier sur lequel était inscrit en lettres rouges : *Registre des amours des Jardin*. Le mélange explosif de nos vérités était là, devant nous. Delon soupesa l'épais document et lut à voix haute en feignant de déchiffrer la couverture :

— *Main courante de nos amours...*

Puis il ouvrit le manuscrit et fit silence afin de donner de la solennité à cette consultation. Enfin nous allions assainir nos miasmes, distinguer nos chimères de nos actes et peut-être... nous fâcher tous définitivement. Debout, chacun attendait de l'homme-cinéma un accès de vraie éloquence, des commentaires de glace ou de feu, un orage de révélations.

Les minutes passaient ; mais l'acteur lisait toujours sans desserrer les mâchoires. Les émotions les plus opposées défilaient sur son visage : une bouffée irrépressible d'hilarité, un haut-le-cœur soudain, un attendrissement sonore, un spasme d'effroi... Captivé par les détails dont il se délectait, Delon parut oublier notre présence.

— Hum... fit l'ancien Premier ministre qui

s'impatientait. Le 2 avril 1967… que trouve-t-on à cette date ? Est-il fait mention de…

— Le 2 avril 1967, vous dites ? reprit Delon en quittant ses pensées.

— Oui, le 2… c'était un jeudi.

L'œil sévère, Delon se replongea dans les feuillets, chercha la bonne page, parcourut une dizaine de lignes avec stupeur, relut le tout en ajustant ses lunettes et… partit dans une cascade de fous rires.

— Qu'est-ce qui vous fait tant rire ? demanda l'officiel vexé.

— La vie, monsieur le Premier ministre, repartit la star. La vie…

— Et autour du 3 janvier 1988 ? lança John-John Carpenter. L'Arquebuse évoque-t-elle une créature simiesque ?

— Et Merlin, depuis quand aimait-il les femmes déguisées en ange ? interrogea Zouzou.

— Et Jean d'Ormesson ? hasarda Dizzy. A-t-il été *heureux* à la Mandragore en 72 ?

— Y a-t-il suffisamment de… de débordements pour que la vérité justifie la légende ? osai-je demander la trouille au ventre.

— Rassure-toi, me rétorqua Delon avec amitié. Dieu merci, ce répertoire est une bombe.

Il y a là de quoi détruire cent familles en Europe.

Puis l'acteur referma sèchement le registre et déclara :

— Mais je crois que personne ici ne mérite ces informations. Pour plonger dans un pareil bain, il faut savoir nager à des profondeurs que vous ne soupçonnez pas…

En proie à une colère blême, il conclut brusquement avec un formidable dédain :

— Aucun voyeur ne connaîtra jamais la vérité des double-rate ! Sortez, spectateurs !

Sur un coup d'œil de Delon, son garde du corps arracha les clefs des mains de Zouzou, replaça le cahier dans le coffre et nous refoula sans ménagement. Dizzy eut beau protester, rien n'y fit. Gardien auto-investi de nos secrets, l'acteur entendait que les curieux fussent mis illico à la porte. Cet être disproportionné, invraisemblable, qui, même après qu'on a constaté qu'il est bien de chair, semble encore impossible ; oui, cet être-là ne pouvait tolérer qu'une famille inouïe fût confrontée à la liste détaillée de ses écarts. Lui-même avait tant remplacé son propre moi par le moi rêvé du public, tant oblitéré son histoire authentique pour choyer sa légende, qu'il ne concevait pas que les Jardin pussent déchoir en passant sous la toise des simples mortels.

Sur le seuil de la banque, en plein soleil, il me lança alors avec force et hauteur :

— Entre la légende et la vérité, choisis toujours la légende !

Delon était notre famille dans sa logique comme le Zubial l'avait été dans son audace. Et moi, qui serai-je à mon tour ? Le mémorialiste de nos libertés, un homme fidèle capable de dépasser ces désordres ou la synthèse exaltée de ce clan qui ignore toutes les syntaxes ? J'aurais tant aimé que la rage des double-rate me tienne lieu d'intelligence, que leur génie de l'excès ait contaminé ma tempérance... Pourtant, je me défie aujourd'hui de cet héritage somptueux, des séductions funestes de ce clan qui, en me façonnant, faillit me tuer. J'aspire tant à renouer avec ma pureté...

Mais comment interpréter la volte-face de Delon ? Que cachait sa véhémence froide ? Les faits rapportés dans le cahier étaient-ils affligeants de pusillanimité ou infernaux à s'y brûler l'âme ? De quelle déception inépuisable nous avait-il préservés ? Protecteur de la mythologie des double-rate – comme de tous les mythes vivants –, m'avait-il généreusement épargné ? Avait-il flairé que des révélations trop peu épicées m'auraient détérioré à jamais ? « Personnage shakespearien égaré dans un siècle de séries noires », comme l'écrivit mon père, Delon avait-il eu d'autre issue que cette dérobade magistrale qui, en permettant toutes les suppositions, ouvrait la fenêtre sur des rêveries illimitées ?

Exténué d'hypothèses, je m'endormis ce soir-là avec peine.

Zouzou m'a dit

Huit jours plus tard, j'étais à Mougins.

— Pourquoi crois-tu que Delon se soit conduit de cette façon ? demandai-je aussitôt à Zouzou.

— Pour te protéger, me répondit-elle sur le ton de l'évidence.

— De quoi ?

— Quelle est la pire nouvelle que tu aurais pu apprendre par ce cahier ? La plus intolérable des confirmations ? Celle qui aurait saccagé tous tes souvenirs ?

Un instant, je réfléchis et finis par confesser… la vérité :

— Que les double-rate aient été… *normaux*.

— Delon est acteur, tu es romancier, vous vous êtes compris.

— Il est pourtant passé par toutes les couleurs en feuilletant les pages.

— C'est un comédien, en doutais-tu ?

— Il t'a parlé ? demandai-je.

— Avons-nous besoin de nous parler ? répliqua Zouzou.

— Pourquoi aurais-tu raison ?

— Pourquoi viens-tu me questionner ?

— Que cherches-tu à me dire ?

— Le moteur des Jardin, c'est la quantité de rêves que vous produisez autour de votre histoire. La vérité brute aurait figé ce mécanisme. Delon n'a pas voulu enrayer le mouvement de l'imagination, cette façon que tu as d'être « un mensonge qui dit la vérité ». Tu sais, ajouta-t-elle en souriant, il y a peut-être eu deux Cocteau en France : Cocteau et Delon…

Le jour même, tandis que Zouzou préparait un sorbet de roses fraîches, je pris une décision salutaire : je résolus de laisser dormir dans les caves de cette banque genevoise le cahier de l'Arquebuse jusqu'au soir de ma vie. La vérité qui tache ne m'éclabousserait pas. Sous un olivier, je fis le choix de rester ignorant et de me condamner à imaginer à l'infini cette fameuse *Main courante de nos amours.* Nos chimères, pour se déployer, n'ont-elles pas besoin de l'aiguillon de l'incertitude ? Lucide, je préférais m'habiller d'illusions, celles qui soignent les séquelles, celles qui continuent de me préserver du bruit assourdissant de mon passé. Ma volonté de ne pas savoir était aussi ardente que mon désir de demeurer fécond et… désespérément romantique.

Plus tard dans le siècle, quand je serai bien vieux et que j'aurai renoncé à la supercherie de l'écriture, sans doute m'autoriserai-je à ouvrir ce coffre suisse. Dépulpé, envahi de rides, décharmé de mes derniers mirages et probablement atteint d'un cancer de la rate (comme le Zubial), je soulèverai alors la couverture de ce registre des vérités de mon enfance. Mais pas avant d'avoir tenté, de toutes mes forces, d'être digne de la fureur d'être des miens ; tout en évitant les pièges de mon sang.

Un jour, qui sait, peut-être deviendrai-je un double-rate.

Table

I. LA COMÉDIE

II. L'ADDITION

III. SURVIVRE

Du même auteur :

Aux Éditions Grasset

1 + 1 + 1..., *essai.*

Aux Éditions Gallimard

BILLE EN TÊTE, *roman* (prix du Premier Roman 1986) ; Folio n° 1919.
LE ZÈBRE, *roman* (prix Fémina 1988) ; Folio n° 2185.
LE PETIT SAUVAGE, *roman* ; Folio n° 2652.
L'ÎLE DES GAUCHERS, *roman* ; Folio n° 2912.
LE ZUBIAL ; Folio n° 3206.
AUTOBIOGRAPHIE D'UN AMOUR, *roman* ; Folio n° 3523.
MADEMOISELLE LIBERTÉ, *roman* ; Folio n° 3886.
LES COLORIES, *roman* ; Folio n° 4214.

Aux Éditions Flammarion

FANFAN, *roman* ; Folio n° 2373.

Composition réalisée par FACOMPO (Lisieux)

Achevé d'imprimer en mars 2007 en France sur Presse Offset par

La Flèche (Sarthe).
N° d'imprimeur : 40420 – N° d'éditeur : 84040
Dépôt légal 1re publication : mars 2007
LIBRAIRIE GÉNÉRALE FRANÇAISE – 31, rue de Fleurus – 75278 Paris cedex 06.

31/1747/0